La sexta tele

ala delta

Primera edición: abril 1999.
Segunda edición: octubre 1999.
Tercera edición: octubre 2001.
Cuarta edición: septiembre 2003.

Diseño de la cubierta: José Antonio Velasco
ISBN: 84-263-4058-X
Depósito Legal: Z-2223-03
Talleres Gráficos Edelvives
50012 Zaragoza

Talleres Gráficos Certificados ISO 9002
Printed in Spain

Alfredo Gómez Cerdá

LA SEXTA TELE

Ilustrado por
Helena Martínez

EDELVIVES

A todos los niños y niñas,
jóvenes y adultos que he conocido
durante los últimos años en colegios,
bibliotecas, institutos, centros culturales...
Juntos, hemos pasado momentos
inolvidables, soñando y hablando de libros.

Primera parte

Una historia de humor

Primera carta

Sr. director de *A ver si te enteras*
Urbecualquiera, lunes 9 de abril

Muy señor mío:

EN primer lugar quiero felicitarlo por la revista que dirige con tanto éxito. Me parece que *A ver si te enteras* es una revista estupenda, llena de cosas interesantes: buenos artículos, reportajes sobre temas variados, fotografías maravillosas, entrevistas a gente importante... Es una revista muy buena, al menos, eso dice mi amiga Ana María. Yo, la verdad, no la leo porque, como podrá comprobar usted más adelante, no tengo ni un rato para leer.

Desde hace algún tiempo, mi amiga Ana María compra *A ver si te enteras* todos los meses y, conociéndola a ella, estoy segura de que la lee desde el principio hasta el final. Nunca se conforma con mirar los titulares o las fotografías y lee incluso hasta la letra pequeña.

Fue Ana María quien me habló de la revista y quien me sugirió la idea de escribirle, señor director, contándole con detalle mi «caso». Ana María lo llama así, «caso», aunque sería mejor decir «el caso de la familia Revuelta».

La familia Revuelta es mi familia.

Mi abuelo se llama Jeremías Revuelta.

Mi padre se llama Jeremías Revuelta.

Mi hermano se llama Jeremías Revuelta.

Reconozco que es un poco lioso, con tanto Jeremías Revuelta, pero como podrá comprender yo no tengo la culpa. Ellos tres son los hombres de la casa.

Mi padre y mi madre, además de marido y mujer, son primos segundos. Por este motivo mi madre tiene el mismo apellido que mi padre. Ella se llama Rebeca Revuelta.

Sólo me queda decirle mi nombre para que usted, señor director, conozca a mi familia al completo. ¿No se imagina ya cómo me llamo? Pues sí, claro está, me llamo Rebeca Revuelta Revuelta.

Mi amiga Ana María ha insistido mucho en que le escriba. Asegura que mi «caso» debe ser conocido de inmediato por todo el mundo, para que así las familias puedan tomar medidas y sepan a qué atenerse si cometen la misma imprudencia que nosotros cometimos.

—No puedes permanecer callada, Rebeca —me repetía una y otra vez Ana María.

—Lo que no puedo es salir a la calle, parar a la gente y dedicarme a contar a todo el mundo lo que nos ha pasado —replicaba yo.

—No se trata de eso —insistía Ana María—. Debes contarlo sólo una vez, pero de forma que se entere todo el mundo.

—Eso es imposible.

—No lo es.

—Pues explícame cómo hacerlo.

—Hay muchas formas. Por ejemplo, podrías salir en un programa de televisión y contarlo todo.

—¿En qué programa?

—No lo sé, hay muchos. Ahora está de moda que la gente cuente su vida en la tele.

Lo de salir en la tele confieso que no me parecía mal. Me compraría un vestido nuevo y me cambiaría el peinado para estar más guapa, que eso de salir en la tele y que te vea todo el mundo no ocurre todos los días. Además, me han dicho que cuando sales en la tele te maquillan y te pintan los ojos y los labios.

Pero ni Ana María ni yo sabíamos muy bien lo que hay que hacer para que te saquen en la tele, por eso pensamos en otras posibilidades.

—Podrías contarlo en un programa de radio —comentó entonces Ana María.

La radio me hacía menos ilusión, pues como sólo se oye la voz nadie podría ver mi vestido nuevo ni mi peinado.

Pero también lo de la radio nos pareció muy complicado, pues aunque hay programas a los que la gente llama por teléfono para contar cosas que le han ocurrido, siempre te dan muy poco tiempo. Ana María y yo recordábamos cómo a veces personas que habían llamado a la radio eran cortadas sin contemplaciones por el locutor cuando se alargaban demasiado. Y mi «caso» necesitaba tiempo, desde luego no podía ser despachado de cualquier manera, en un par de minutos.

Entonces Ana María chascó los dedos y abrió mucho los ojos. Suele hacer esto cuando se le ocurre alguna idea.

—¡Ya lo tengo! Escribiremos una carta al director de *A ver si te enteras*.

Ana María me llevó a su casa y me metió en su habitación. De una estantería sacó un montón de ejemplares de *A ver si te enteras* y me los enseñó.

—Mira, mira —me dijo—. Muchos temas de interés general son tratados en la revista. ¿Te das cuenta? Hay de todo: los avances de la ciencia y de la medicina, el mundo del arte, la historia, los deportes...

—Ya veo.

—Tu «caso», de eso estoy segura, es de interés general. Así que no pierdas más tiempo y comienza a escribir todo lo que pasó. Y procura no olvidarte de ningún detalle.

A mí no me gusta escribir. Bueno, no sé si me gusta o no. Nunca lo he intentado. En realidad, lo que me pasa es que no tengo tiempo para escribir.

Se lo dije a Ana María:

—No me gusta escribir.

—¡Te aguantas! —me respondió—. Piensa que puedes hacer un gran servicio a la humanidad.

—Es que... no tengo tiempo.

—Tienes que sacar tiempo de donde sea.

—Además..., no sé escribir.

—¡No digas tonterías!

—Entiéndeme, sé escribir, claro; pero no sé redactar.

—Yo te ayudaré.

No vaya a creer, señor director de *A ver si te enteras*, que me decidí a escribirle sólo porque Ana María insistió. ¡No, no! Me decidí porque creo que ella tiene razón y tal vez pueda hacer un servicio a la humanidad contando mi «caso».

¡Un servicio a la humanidad! La frase es de las que impresiona. ¡Un servicio a la humanidad! ¿Se lo imagina?

Si mi carta le parece bien redactada y no encuentra en ella faltas de ortografía es porque mi amiga Ana María la ha corregido. Ana María es la más lista de la clase, siempre saca unas notas buenísimas. Además, le gusta la lectura y es capaz de leer hasta libros enteros. Dice que también le gusta escribir. La verdad es que es un poco rara, ve poquísimo la tele y se pasa el día entre libros.

Ella no quería que pusiera estas cosas en mi carta. Pero yo le he dicho que si no las ponía, no contaría mi «caso» a nadie. Ya sé que es un pequeño chantaje, pero no me importa. Ana María ha tenido que aguantarse. Me parece que va a tener que aguantar muchas más cosas.

Y ahora, señor director, intentaré ir al grano. Es decir, intentaré hacer un esfuerzo para organizar los acontecimientos en mi cabeza e ir relatándolos con un poco de orden para que todo el mundo pueda entenderlos.

Hace muchos años, en Urbecualquiera, nuestra ciudad, sólo había un canal de televisión. Usted, señor director, tiene que saberlo muy bien. Con esto no quiero decir que sea muy viejo y haya vivido cosas que pasaron hace tiempo; pero creo que el director de una revista tan importante como la suya estará bien informado.

Mi abuelo Jeremías añora muchísimo aquellos tiempos de un solo canal.

—¡Cagüen...! —exclama mi abuelo Jeremías—. Era mucho mejor un solo canal.

—Pero más aburrido —suelo decirle yo.

—¡Quita, quita...! Tu abuela y yo nos sentábamos a ver la tele, con las piernas bajo las faldas de la mesa camilla, al calor del brasero. ¡Quita, quita...! Era mejor un solo canal, te lo digo yo.

Creo que mi abuelo Jeremías añora los tiempos de un solo canal por otros motivos. Entonces aún vivía la abuela y él era más feliz.

—Nunca discutíamos por culpa de la tele. «¿Qué ponen hoy?», preguntaba yo al regresar del trabajo. Y tu abuela me respondía que tal o cual concurso, o película, o serie... Y hala, los dos juntitos nos sentábamos tan ricamente frente al televisor. Había días que aguantábamos hasta que se acababa la emisión y sonaba el himno nacional.

—Visto de esa forma, abuelo... —tuve que reconocer que con un solo canal se evitaban discusiones.

—Que te digo yo que tenía sus ventajas, aunque los programas fueran en blanco y negro.

—A pesar de todo, yo prefiero que haya muchos canales. Cuantos más, mejor. Y, por supuesto, en color.

Cuando nací, en Urbecualquiera había dos canales de televisión, aunque yo no me acuerdo, ya que mi memoria no llega tan lejos.

Mi abuelo me lo ha contado. A él le gusta hablar de ello y a mí me gusta escucharlo.

—El año en que naciste, en Urbecualquiera había sólo dos canales de televisión —me asegura.

—No puedo acordarme —le replico.

—¡Natural! Si sólo eras una mocosa envuelta en pañales que te pasabas el día durmiendo. Pero yo sí me acuerdo muy bien, ya lo creo.

—Tienes muy buena memoria, abuelo.

—No tanto como me gustaría. Tengo memoria, sí, pero sólo para algunas cosas. Otras se me han olvidado por completo. Me acuerdo de cosas que me sucedieron en la niñez y, sin embargo, se me olvida lo que hice ayer por la tarde. La próxima vez que vaya al médico se lo voy a decir.

—¿Y tú crees que te recetará alguna medicina para la memoria?

—Seguro que sí.

—¿Y te hará efecto?

—De eso ya no estoy tan seguro.

No sé lo que pasaría en las casas de los vecinos de Urbecualquiera cuando se comenzó a emitir el segundo canal de televisión, pero sí sé lo que ocurrió en mi casa. Lo sé, señor director de *A ver si te enteras*, porque me lo ha contado mi abuelo varias veces. Yo, como ya le he dicho, era muy pequeña para darme cuenta.

—¡Cagüen...! ¡La que se lió!

—¿Cómo se lió, abuelo? —pregunto yo, porque me gusta que mi abuelo me lo cuente una y otra vez, a pesar de que ya me sé la historia de memoria.

—Fue una tarde —continúa mi abuelo Jeremías, dibujando una sonrisilla en los labios—. Una tarde-noche, más bien. Por un canal ponían un concurso muy famoso en aquel entonces, llamado *La peseta y la puñeta,* y por el otro canal retransmitían un partido internacional de fútbol, jugaba un equipo español contra otro italiano.

Ya se puede usted imaginar, señor director, lo que ocurrió en mi casa aquella tarde-noche. Mi padre, que odia el fútbol, quería ver *La peseta y la puñeta,* un concurso que lo entusiasmaba; y mi madre, que es una forofa del fútbol, quería ver el partido.

—¡El concurso! —gritaba mi padre.

—¡El partido! —gritaba mi madre.

—¡He dicho que el concurso!

—¡He dicho que el partido!

Mi abuelo Jeremías se retiró prudentemente a un rincón, sin hacer ruido, pues pensó que lo mejor era no meterse en discusiones de familia, aunque la familia fuese la suya. Además, a él le daba igual ver el concurso que el partido, pues ni una cosa ni otra le interesaban demasiado. Se limitó a ver, oír y callar. Aunque yo creo que, en voz baja, exclamaría un poco asustado: «¡cagüen...!».

Aquella tarde-noche mi padre se levantó de su sillón doscientas noventa y tres veces para cambiar el canal de la tele, del partido al concurso.

Aquella tarde-noche, también, mi madre se levantó de su sillón doscientas noventa y tres veces para cambiar el canal de la tele, del concurso al partido.

—¡El concurso! —decía uno.

—¡El partido! —decía el otro.

—¡El concurso!

—¡El partido!

Y el abuelo en su rincón, contando las idas y venidas de los dos.

—Doscientas ochenta y nueve, doscientas noventa, doscientas noventa y una, doscientas noventa y dos, doscientas noventa y tres... ¡Cagüen!

Como ya le he dicho, señor director, aquella disputa entre mis padres finalizó con un empate a doscientos noventa y tres viajes del sillón a la tele y regreso. Eso sí, ni mi padre vio el concurso ni mi madre el partido.

Cuenta mi abuelo que, después de cenar, mi padre se levantó de la mesa de un salto y, furioso todavía, gritó:

—¡Esto se va a acabar!

—¿Ah, sí? —preguntó mi madre con arrogancia—. ¿Y cómo se va a acabar?

—Compraremos una segunda tele.

Parece ser que a mi madre le gustó la solución encontrada por mi padre. Sólo para no dejarse avasallar, levantó la voz y dijo con rotundidad:

—¡Compraremos una segunda tele!

Y al día siguiente la compraron.

Dice mi abuelo que cuando yo vi entrar la segunda tele en mi casa me extrañé un poco, a pesar de que era muy pequeña todavía.

—¿Para qué queremos otra tele? —debí de preguntar.

Mi padre, que en esos momentos se encontraría de buen talante, se agachó un poco y de manera muy... paternal me cogió en brazos.

—Verás, hija mía —comenzó a hablarme—. Nosotros vivimos en una ciudad que cada día que pasa es más importante.

—Vivimos en Urbecualquiera —dije yo en seguida, pues sabía de sobra el nombre de nuestra ciudad.

—En efecto, en Urbecualquiera —continuó él—. Así me gusta, que aprendas el nombre de las cosas que merecen la pena. Pues..., verás, como nuestra ciudad ha crecido tanto y se ha hecho importante, ha comenzado a funcionar un segundo canal de televisión.

—¿Para qué? —pregunté con ingenuidad.

—Para que podamos ver dos programas a la vez.

—¿A la vez? ¡Qué lío! —a mí entonces me resultaba un poco extraño.

—Sí, a la vez —continuó mi padre—. Por ejemplo, mamá puede ver una cosa y yo otra. ¿Lo entiendes?

—Sí.

—Pero para que esto suceda así es preciso tener dos televisores.

—Ahora lo entiendo muy bien.

Los argumentos de mi padre eran muy claros. ¿No le parece a usted, señor director? Es algo tan simple que no merece mayor comentario. Sólo con dos televisores es posible ver dos canales al mismo tiempo.

Dice también mi abuelo que el día en que llevaron

el segundo televisor a casa se originó una pequeña discusión, ya que mi padre y mi madre no se ponían de acuerdo sobre el lugar en que debía ser instalado.

—En nuestro dormitorio —decía mi madre—. Es el lugar más apropiado.

—No estoy de acuerdo —decía mi padre—. Estará mejor en el cuarto de estar.

—No olvides que el cuarto de estar, desde que tu padre está viviendo con nosotros, se convierte cada noche en su dormitorio —replicaba mi madre.

Aunque todos en mi casa llamamos cuarto de estar a la habitación donde duerme mi abuelo Jeremías, en realidad se trata de un dormitorio más, con la única diferencia de que la cama está plegada y escondida dentro de un mueble de madera y durante el día no se la ve.

—¡En el cuarto de estar! —insistía mi padre.

—¡En nuestro dormitorio! —decía mi madre—. Así tu padre podrá irse a la cama tranquilamente cuando le apetezca, sin necesidad de que nadie lo moleste.

¿Adivina, señor director, dónde se colocó el segundo televisor?

Pues... al final, el segundo televisor se instaló en el dormitorio de mis padres, sobre una cómoda, justo enfrente de la cama. Hubo que empalmar algún cable, poner un enchufe y colocar sobre el rodapié un alargador para la antena; pero las cortinas lo disimularon todo.

—¡Qué frescos! —protesté—. Vosotros podréis ver la tele desde la cama.

Desde aquel día mi padre y mi madre dejaron de discutir por culpa de la tele. Si el uno quería ver *La peseta y la puñeta* y la otra el partido de fútbol, ya no había problema. Mi padre se instalaba cómodamente en el salón y mi madre se tumbaba sobre la cama. O al contrario.

Por aquel entonces nació mi hermano Jeremías. De eso sí me acuerdo. Me gustaba ayudar a mi madre a bañarlo, a secarlo con la toalla y a ponerle polvos de talco en el culete. También me gustaba mecerlo en su cuna hasta que se quedaba dormido; le cantaba una canción que estaba muy de moda en la tele por aquel entonces, era la sintonía de un programa infantil. Si algún día nos conocemos en persona, se la cantaré, señor director, para que sepa a qué canción me refiero. Seguro que usted también la ha tarareado alguna vez.

Mi hermano también se aficionó en seguida a la tele. Desde que tenía un año se quedaba embelesado mirándola. A veces le gustaba tanto un programa que daba palmitas y hacía pedorretas con la boca.

Con el tiempo, él y yo nos fuimos acostumbrando a ver los programas de televisión o con mi padre o con mi madre; pero casi nunca con los dos a la vez, ya que los gustos de ellos no solían coincidir.

Sucedía a veces que mi hermano quería ver el programa de un canal y yo el del otro, entonces tampoco había problemas, ya que nosotros también nos dividíamos entre el salón y la habitación de mis padres.

Ahora, algún tiempo después, recuerdo aquellos años con cariño. Creo que mi familia era feliz. No había discusiones y, por tanto, no había problemas. Podían habernos puesto como familia modelo. ¡Todos tan contentos y felices! Por supuesto, ver la tele en cualquier momento del día era lo que más nos gustaba a la familia entera.

¡Ah! Se me olvidaba decir que el abuelo Jeremías hacía lo mismo que nosotros. Unos días veía la tele en el salón y otros en la habitación de mis padres, según el programa. Siempre andaba en danza con su vieja

silla de madera, de un lado para otro. Al abuelo Jeremías le gusta sentarse en la misma silla, tiene esa manía. Es una silla muy vieja y muy incómoda. Se la trajo de su casa cuando se vino a vivir con nosotros.

—No sé cómo te puede gustar tanto esa silla —le digo yo.

—Prefiero mil veces sentarme en una silla dura, como ésta, antes que hundirme en un sofá.

—Pero el sofá es más cómodo.

—¡Quita, quita! Mi cuerpo se ha adaptado ya a la forma de esta silla. Además, te aseguro que soporto mejor el reuma en sillas duras.

Mi abuelo tiene varias enfermedades, pero mi madre asegura que su salud es de hierro. Son achaques propios de la edad: reuma, falta de memoria... Nada grave. Eso sí, tiene un cajón lleno de medicinas y se pasa el día tomando pastillas, jarabes y otros potingues. A mi abuelo le gusta ir al médico, y éste siempre le receta alguna cosa nueva.

No crea, señor director de *A ver si te enteras,* que a partir de este momento todo transcurrió en mi casa dentro de la normalidad. ¡No, no! Ya le he dicho que más adelante ocurrieron cosas. La historia no ha hecho más que comenzar. Lo más importante aún no había sucedido.

Pero tengo un problema en estos instantes que me impide continuar con mi relato. El problema es serio, al menos para mí: se ha hecho muy tarde, ya casi es de noche, y sigo en casa de mi amiga Ana María escribiendo esta carta, que va a ser más larga de lo que pensaba.

He de regresar a mi casa en seguida. Mis padres deben de estar extrañados por mi tardanza.

Así pues, tendré que terminar de contarle mi «caso» en otra carta, que mañana mismo escribiré, con ayuda de mi amiga Ana María, por supuesto. Espero que usted lo comprenda y se haga cargo de mi situación. Aún soy una niña y mis padres no me dejan volver tarde.

Se despide y le envía un cordial saludo, su amiga.

Rebeca Revuelta Revuelta

Segunda carta

Sr. director de *A ver si te enteras*
Urbecualquiera, miércoles 11 de abril

Muy señor mío:

QUIERO disculparme en primer lugar por no haberle escrito ayer mismo la segunda carta, tal y como había quedado. Reconozco que eso hubiera sido lo correcto, pero es que ayer no pude, se lo aseguro.

Ana María me telefoneó a casa por la tarde.

—¿Rebeca hija? —ella siempre pregunta por mí de esta manera, para distinguirme de mi madre.

—Sí, soy yo.

—Soy Ana María. ¿Qué pasa? Te estoy esperando. Me dijiste ayer que hoy seguiríamos contando tu «caso» al director de *A ver si te enteras*.

—No lo he olvidado.

—¿Entonces...?

—Es que... hoy no puedo.

—¡Pero no debemos demorarlo! El director de *A ver si te enteras* estará impaciente por conocer el resto de la historia para poder publicarla.

—Es imposible, Ana María, compréndelo. Hoy es completamente imposible.

—Pero... ¿por qué es imposible? ¿No te dejan salir tus padres de casa? Si quieres hablo con ellos y les digo que tenemos que hacer un trabajo juntas o me invento otra excusa parecida.

—No, no es eso.

—¿Estás enferma? ¿No te encuentras bien?

—Me encuentro perfectamente.

—¿Entonces...?

—Verás, hoy ponen en la tele *El sonido de mis tripas*. Está a punto de comenzar.

—¿Y qué?

—Compréndelo, Ana María, *El sonido de mis tripas* es mi programa musical favorito. No me lo perdería por nada del mundo. Además, hoy actúa Eulogio Estremecido. ¡Ay! ¡Sus estremecedoras canciones me estremecen de pies a cabeza! ¿Lo has visto cantar alguna vez? ¿Te has fijado en el color de su ojos, en sus pómulos sonrosados, en la forma de sus orejas?

—¡No!

—¿Y en su manera de sonreír?

—¡Tampoco!

—¿Y en el movimiento de sus caderas al andar?

—¡Que no!

Ana María se enfadó mucho conmigo. Intentó convencerme por todos los medios, pero no lo consiguió.

—¿Prefieres ver a ese cretino de Eulogio Estremecido antes que ayudar a la humanidad?

—¡No es eso! Mañana mismo continuaré escribiendo. Por un día no va a pasar nada.

Yo supongo, señor director de *A ver si te enteras*, que usted lo comprenderá. Eso espero. Si le gustan tanto como a mí *El sonido de mis tripas* y Eulogio Estremecido, seguro que lo entenderá.

Terminé la primera carta hablándole de lo feliz que era mi familia hace unos años, cuando mi hermano Jeremías y yo éramos más pequeños, en Urbecualquiera emitían dos canales de televisión y en casa teníamos dos flamantes televisores, uno en el salón y otro en el dormitorio de mis padres.

Pero esta situación de felicidad no duró mucho tiempo. Las circunstancias, o el progreso, o el bienestar..., o como quiera llamarse, iban a cambiar las cosas.

Una noche, mi abuelo Jeremías regresó algo inquieto del club de jubilados, adonde solía ir a media tarde para ver la tele y pasar el rato con unos amigos de su edad. A mi abuelo Jeremías le gustaba entonces mantener las amistades.

—¡Cagüen...! —exclamó.

—¿Qué te pasa, abuelo? —le pregunté yo, intuyendo que algo estaba dando vueltas en su cabeza.

—Va a comenzar a emitir un tercer canal de televisión en Urbecualquiera.

—¿Estás seguro? ¿Quién te lo ha dicho? —le preguntó en seguida mi padre, incorporándose de un salto del sillón donde estaba sentado.

—Alvarito.

Alvarito es uno de los mejores amigos de mi abuelo Jeremías. Es tan viejo como él, o más; pero todos lo llaman Alvarito, como si fuera un niño.

—¿Y cómo se ha enterado Alvarito? —continuó preguntando mi padre con mucho interés.

—Ya sabes que es un poco raro, tiene la manía de leer el periódico todos los días. Él dice que prefiere el periódico a la televisión. Pues, por lo visto, lo pone en la prensa de hoy con grandes titulares, junto a una fotografía del edificio donde se instalarán los estudios.

La noticia que apareció en el periódico era cierta y Alvarito tenía razón; pero no hace falta que se lo diga, pues seguro que usted, señor director, sabe lo que ocurrió mucho mejor que yo.

Cuando la noticia se difundió y ya todo el mundo en Urbecualquiera lo sabía, mi padre comenzó a mostrarse muy feliz y contento. Aprovechaba cualquier ocasión para soltarnos un discurso:

—Sin duda, Urbecualquiera se está haciendo más importante de lo que era —comenzaba a decir mientras comíamos—. Ya lo creo. ¡Tres canales de televisión! ¿Quién nos lo iba a decir hace sólo unos pocos años? ¡No hay muchas ciudades que puedan presumir de tener tres canales! Todo ha crecido en Urbecualquiera y, claro, es natural que...

—Con tanta charla se te va a enfriar la sopa —mi madre intentaba cortarle, pues con sus pesados discursos no nos dejaba oír la tele.

Pero mi padre se embalaba y no había forma de callarlo hasta que, en la sobremesa, comenzaba el programa *La digestión con Jota Hormiga*, que le encantaba.

En realidad, *La digestión con Jota Hormiga* nos encantaba a todos. Era uno de esos pocos programas que veíamos juntos. Bueno, la verdad es que mi hermano Jeremías y yo sólo lo veíamos empezar, pues en seguida teníamos que irnos al colegio. Lo veíamos entero sólo en época de vacaciones o cuando nos poníamos malos y no íbamos al cole.

—¡Es fantástico! —decía mi padre en cuanto veía aparecer a Jota Hormiga por la tele.

—No es guapo, pero es interesante y muy inteligente —comentaba mi madre, afirmando exageradamente con un gesto de cabeza.

—¡Cagüen...! —exclamaba mi abuelo Jeremías—. Ese Jota Hormiga es un pedante y un engreído, pero me gusta su programa.

Jota Hormiga comenzaba siempre su programa con una frase: «Señoras, señores, muy buenas tardes».

Usted se preguntará, señor director de *A ver si te enteras*, por qué le hablo de ese programa y de ese locutor. Sepa que lo hago a propósito, para que comprenda mejor lo que después sucedió en mi casa y que más adelante le contaré.

Ahora, me gustaría recordarle aún otro detalle de Jota Hormiga. Él siempre arrastraba las eses finales, por lo que sus palabras estaban llenas de sonidos sibilantes.

Yo no sé muy bien lo que significa eso de «sonidos sibilantes», pero mi amiga Ana María asegura que se dice así. ¡Y si ella lo dice...! Espero que usted sepa lo que son sonidos sibilantes. Lo que yo quiero explicarle es que, por ejemplo, Jota Hormiga comenzaba su programa cada tarde diciendo: «Señorasssss, señoresssss, muy buenasssss tardesssss».

¿Me entiende ahora?

A mí me gustaba imitarlo. No lo hacía mal. A mi hermano Jeremías le divertía mucho.

—Anda, Rebeca, imita un poco a Jota Hormiga.

—No tengo ganas.

—Sólo una vez.

—Señorasssssssssssssss, señoresssssssssssssss...

Exageraba un poco y mi hermano se reía mucho y me aplaudía entusiasmado.

Un día, el tercer canal de televisión de Urbecualquiera comenzó su emisión. Fue uno de esos días importantes que siempre recordaré. Daba gusto tener tres canales emitiendo a la vez. Nuestros dos televisores no dejaron de funcionar un solo momento en todo el día: que si ahora el primer canal, que si ahora el segundo, que si ahora el tercero, que si de nuevo el primero, que si otra vez el segundo... ¡Qué trajín! Menos mal que el segundo televisor tenía mando a distancia.

Mi familia estaba repartida entre el salón y el dormitorio de mis padres y, claro, se producían constantes cambios de situación a medida que los programas se iban sucediendo sin interrupción.

—¡¿Qué estáis viendo ahí!? —gritaba mi padre, emocionado, desde el salón.

—¡El canal dos! —le respondía yo desde el dormitorio.

—¡Voy para allá! Quiero ver *La trompa del paquidermo borracho,* esa serie que tanto me gusta.

Por contra, mi madre se levantaba de un salto y, poniendo los brazos en jarras, decía con un poco de desprecio:

—*La trompa del paquidermo borracho,* ¡valiente

tontería! Esa serie no tiene ningún interés. Todos los capítulos son exactamente iguales.

—Pues a mí me gusta —comentaba mi hermano Jeremías, que casi siempre estaba de acuerdo con mi padre.

Al mismo tiempo que salía del dormitorio, mi madre preguntaba a gritos:

—¿Qué estáis viendo en el salón?

—¡Las noticias! —respondía mi abuelo Jeremías.

—Prefiero mil veces las noticias —concluía mi madre.

Aunque el ajetreo era constante, todo marchaba bien en mi casa. Sí, no tengo ninguna duda. Todo marchaba bien hasta que una tarde, por uno de esos caprichos de la programación, coincidieron tres programas a la vez.

Por el canal uno retransmitieron la final de la Copa de fútbol.

Por el canal dos la ya mencionada serie *La trompa del paquidermo borracho.*

Y por el canal tres un programa que mi abuelo Jeremías nunca se perdía, titulado *El asilo contraataca.*

Mi madre puso el partido en el salón.

Mi padre puso *La trompa del paquidermo borracho* en su dormitorio.

El abuelo Jeremías protestaba de un lado a otro:

—¡Cagüen...! ¡A mí me gusta *El asilo contraataca*! ¡Y me quedaré sin verlo! ¡No hay derecho! ¡Y con la que está cayendo no puedo ir al club de jubilados!

Se me olvidaba decirle, señor director de *A ver si te enteras*, que llovía a mares.

Aquella misma noche, mientras cenábamos, aprovechando uno de los descansos de la película para los anuncios, mi padre dijo con solemnidad:

—Será la última vez que el abuelo se quede sin ver *El asilo contraataca.*

Luego, mi padre estuvo unos segundos callado, esperando una respuesta de los demás. Como nadie decía nada, me decidí a intervenir yo.

—¿Qué piensas hacer, papá? —le pregunté.

—Comprar la tercera tele.

—¡La tercera! —me sorprendí.

—Sí, la tercera.

De no ser por la musiquilla de los anuncios, el silencio se hubiera podido cortar con un cuchillo.

—¡Comprar la tercera tele! —repitió mi padre al cabo de un rato, alzando un poco la voz.

Mi madre reaccionó al fin, miró primero a mi padre, luego a mi abuelo y por último a ninguna parte. Asintió un par de veces con la cabeza y dijo:

—¡Compraremos la tercera tele!

Todos nos pusimos muy contentos, y en especial el abuelo Jeremías.

Con la tercera tele no hubo discusión a la hora de buscar un emplazamiento. Estaba claro que su sitio sería el cuarto de estar, o lo que era lo mismo, el dormitorio de mi abuelo Jeremías.

Se colocó sobre la mesa camilla, en un extremo de la habitación, para que por la noche dejase espacio suficiente a la cama abatible del mueble de madera.

—Abuelo, ¿me dejarás ver la tele contigo? —preguntó mi hermano, sólo para que el abuelo le dijese que sí.

—¿Y a mí me dejarás? —pregunté yo también.

—Pues naturalmente —respondió el abuelo Jeremías—. La tele es de todos.

A partir del día en que compramos la tercera tele, volvimos a vivir momentos de gran felicidad. ¿Se lo imagina, señor director de *A ver si te enteras*? De nuevo se acabaron los problemas, de nuevo se acabaron las peleas y las discusiones, de nuevo reinó la calma.

La familia estaba dividida en tres grupos: uno en el salón, otro en el dormitorio de mis padres y el tercero en el cuarto de estar. Como sólo éramos cinco en la familia, algunos grupos estaban formados por una sola persona.

La compra de la tercera tele nos hizo felices a todos, ya se lo he dicho, señor director, pero muy especialmente a mi abuelo Jeremías. A pesar de que, como nos repetía una y otra vez, la tele era de todos, él fue el principal beneficiario, y el hecho de que se instalase el aparato en su cuarto así lo demostraba.

—¿Te has fijado lo bien que se ve? —me decía de vez en cuando mi abuelo.

—Muy bien —respondía yo—. Es natural, tiene pantalla HZ-22MPV con cinco convergencias triptinuclearoides, definición curvirectograsmeloide y brillo detergentiplastifáutico.

—¿Y lo bien que se oye? —continuaba él.

—Claro, abuelo, el sonido es SJ-474B intratimpánico y caracoleiforme.

—Yo creo que es la mejor de las tres.

—Lo es, abuelo. Ya sabes que la técnica avanza

T.V.

constantemente y los televisores de hoy son mucho mejores que los de hace un mes y, si me apuras, mejores que los de hace una semana.

Mi abuelo Jeremías se acomodaba en su vieja silla de madera y se frotaba las manos de gusto.

—¡Cagüen...! —exclamaba—. ¡Si tu abuela levantase la cabeza...! Lo que iba a disfrutar, la pobre. ¡Con lo que le gustaba a ella ver la tele!

Se encontraba tan a gusto mi abuelo Jeremías con la tercera tele que poco a poco fue dejando de ir al club de jubilados por las tardes.

—¿No vas a ir hoy al club de jubilados? —le preguntaba mi padre después de comer.

—¡Quita, quita! —respondía él.

—Vas a perder las amistades.

—Prefiero quedarme viendo la tele en mi cuarto, tan ricamente.

Mi padre sonreía satisfecho. En el fondo se sentía orgulloso de haber contribuido a conseguir la felicidad del abuelo.

—Desde que hemos comprado la tercera tele mi padre es otra persona —le comentaba a mi madre, cuando el abuelo no estaba delante.

—Sí, ya lo creo —ratificaba mi madre, moviendo ostensiblemente la cabeza de arriba abajo.

—No sale de su cuarto en todo el día, está encantado.

—Se le nota a simple vista.

Una tarde llamaron por teléfono a mi abuelo Jeremías. Era Alvarito, su amigo del club de jubilados.

—¿Diga?

—¿Jeremías?

—Sí.

—Pero... ¿Jeremías abuelo?

Con tres Jeremías en la misma casa, el que llamaba nunca estaba seguro de si quien se ponía era en realidad la persona con la que deseaba hablar.

—Sí, sí.

—¡Menos mal!

—¿Quién es?

—Soy Alvarito.

—¡Alvarito! ¿Cómo estás?

—Yo muy bien. ¿Y tú?

—Perfectamente.

—¡Uf! ¡Qué peso me quitas de encima!

—¿Por qué dices eso?

—Es que... Verás, Jeremías, como hace tanto tiempo que no vienes por el club de jubilados, pues se empezó a correr la voz de que... Bueno, tú ya sabes cómo es la gente. A nuestra edad, en cuanto uno falta cuatro días, pues... ya puedes imaginarte, se decía que...

Mi abuelo Jeremías se dio cuenta en seguida de lo que Alvarito, con muchos apuros, trataba de decirle y comenzó a reírse de buena gana.

—¡Que no, Alvarito! ¡Que no me he muerto todavía! ¡Que estoy más fresco que una lechuga!

—Disculpa, chico, pero tú ya sabes que cuando alguien empieza a faltar por el club más de la cuenta, pues..., pues... ¡Eso! Bien mirado, a nuestra edad es lo normal.

—Estoy mejor que nunca, Alvarito. Tengo una televisión en mi cuarto que se ve de maravilla.

—Entonces... ¿Volverás por el club?

—Ya veré. Es que apenas tengo tiempo. Haré lo posible por acercarme alguna tarde. Mientras, ya puedes decir a todos que Jeremías no se ha muerto.

Al abuelo le dio por reír. Se pasó el resto del día tronchándose de risa. ¡Menos mal que le dio por reír!

Y en este momento, señor director de *A ver si te enteras*, acabo de darme cuenta de que no puedo prolongar mi carta. No es cuestión de papel, ya que mi amiga Ana María tiene un paquete entero de folios en su cuarto; tampoco es cuestión de falta de ganas, no, no, le aseguro que lo estaba pasando muy bien recordando todas esas cosas, a pesar de que Ana María me interrumpe constantemente.

—Jubilados se escribe con be —me dice.

—No me he dado cuenta, ya lo corrijo.

—Alvarito se escribe con uve.

—Ha sido un despiste, lo sabía.

—Días lleva tilde en la i.

—Iba a ponerla ahora.

Ana María me ha dicho también que no debería reproducir en las cartas esa expresión de mi abuelo Jeremías. Me refiero a «¡cagüen…!». Ella dice que suena muy mal y que a usted, señor director, le parecerá una grosería. Pero yo le he respondido a Ana María que si quiere que cuente mi «caso», tendrá que ser con los «¡cagüen!» de mi abuelo Jeremías incluidos. Estoy segura de que usted lo comprenderá.

Pues… la cuestión es que no puedo seguir escribiendo porque hoy también se me ha hecho muy tarde. Debo regresar en seguida a mi casa. No tendré más remedio que continuar en una tercera carta, y en ella espero llegar hasta el final; pero eso tendrá que ser mañana.

Le aseguro que no sospechaba que mi «caso» pudiera ocupar tantas páginas.

Se despide de usted, enviándole un cordial y afectuoso saludo, su amiga.

Rebeca Revuelta Revuelta

Tercera carta

Sr. director de *A ver si te enteras*
Urbecualquiera, jueves 12 de abril

Muy señor mío:

COMO comprobará usted por la fecha del encabezamiento, en esta ocasión no he dejado de escribirle puntualmente, a pesar de que a esta hora hay varios programas de televisión, en distintos canales, que me apetecería mucho ver y que, por supuesto, tendré que perderme.

Terminé mi carta anterior, señor director, hablándole de lo feliz que se sentía mi abuelo Jeremías tras la compra de la tercera tele. ¿Se acuerda? Pero debo decirle también que la felicidad del abuelo era compartida por toda la familia, pues de nuevo la más absoluta calma reinó en mi casa, lo que significaba que se habían acabado las discusiones, los enfados, los enfrentamientos... Esas cosas tan desagradables que ocurren de vez en cuando hasta en las familias mejor avenidas.

Yo pensé que la dicha iba a durar siempre, pero estaba equivocada. Y a continuación le explicaré por qué.

Un día, mientras comíamos, mi hermano Jeremías dijo algo sorprendente.

Cuando alguien de mi familia quería decir algo sorprendente, o importante, o curioso sin más, aprovechaba el momento de la comida, pues ya le he dicho, señor director de *A ver si te enteras*, que ése era el único momento del día en que todos estábamos juntos.

—Muy pronto va a comenzar a funcionar un cuarto canal de televisión en Urbecualquiera —fue lo que dijo mi hermano Jeremías.

A todos se nos detuvo la cuchara entre el plato y la boca. Lo miramos con curiosidad y expectación.

—¿Y quién te lo ha dicho? —preguntó mi padre al cabo de un rato.

—Mi entrenador de ping-pong.

No le había comentado aún, señor director, que mi hermano Jeremías practicaba el ping-pong. Lo practicaba en serio, pues pertenecía al Urbecualquiera Ping-pong Club y tenía hasta entrenador. De vez en cuando participaba en algún campeonato, y en su cuarto, colgadas de la pared, tiene dos medallas que ganó en competiciones.

La noticia de mi hermano nos trastornó un poco la comida, sobre todo a mi padre, quien comenzó a hacer preguntas a mi hermano de manera obsesiva.

—Y tu entrenador, ¿cómo lo sabe?

—No sé, pero lo sabe.

—Alguien se lo habrá contado a él.

—Supongo.

—Pero, ¿está seguro?

—Sí.

—¿Completamente?

—Completamente seguro.

—¿Y por qué está completamente seguro?

—Porque, por lo visto, por el nuevo canal, es decir, el cuarto, retransmitirán muchos deportes de esos que llaman minoritarios.

—¿Y eso qué tiene que ver?

—¡Mucho! Uno de esos deportes minoritarios será el ping-pong.

Al oír aquellas palabras, mi padre dejó la cuchara sobre el plato, se puso de pie y dijo solemnemente:

—Entonces es verdad, no cabe la menor duda, en Urbecualquiera tendremos cuatro canales de televisión. Gracias a acontecimientos como éste, uno comprende que vive en una ciudad próspera y civilizada.

Yo me dirigí a mi hermano.

—¿Y retransmitirán algún partido de ping-pong que tú juegues? —le pregunté.

—Tal vez sí —me respondió.

—¡Qué emocionante! ¡Tener un hermano que sale por la tele jugando al ping-pong! ¡Se lo diré a todas mis amigas!

—¡Eh! ¡No corras tanto!

Todo lo que el entrenador le había dicho a mi hermano era verdad. A los pocos días la noticia corría por Urbecualquiera. Pero qué le voy a decir a usted, señor director de *A ver si te enteras*, por su trabajo lo sabrá mejor que nadie, que un periodista siempre debe estar bien informado.

Comenzó a emitirse el cuarto canal y, como se anunciaba de antemano, el grueso de la programación lo componían retransmisiones deportivas de ping-pong y otros deportes similares.

Mi hermano Jeremías estaba encantado con el cuarto canal. Casi dejó de ver el resto. Pero el colmo de la alegría fue cuando retransmitieron en directo el campeonato del mundo de ping-pong. Durante varios días casi ni salió de casa, parecía una estatua delante del televisor.

Vio todas las eliminatorias previas, luego los dieciseisavos de final, luego los octavos de final, luego los cuartos de final, luego las semifinales...

Sin embargo, señor director, con la final, con la gran final, con la finalísima, el pobre tuvo mala suerte, muy mala suerte.

A la hora que estaba anunciada, entró en el salón decidido, con ánimo de conectar el cuarto canal y no perderse detalle; pero allí estaba mi madre viendo una retransmisión deportiva, y no precisamente de ping-pong. Ya le he contado que el deporte favorito de mi madre es el fútbol.

Sin perder un segundo, pues pensaba que la final estaría a punto de dar comienzo, mi hermano Jeremías se marchó al dormitorio de mis padres; pero allí, medio tumbado en la cama, mi padre veía su programa favorito: *La trompa del paquidermo borracho*.

Por último, como un cohete, se dirigió al cuarto de estar; pero allí mi abuelo se encontraba embelesado con *El asilo contraataca*.

Mi hermano se desesperó.

—¿Nadie va a dejarme ver la final del campeonato del mundo de ping-pong?

No hubo respuesta. Por eso repitió la pregunta:

—¿Nadie va a dejarme ver la final del campeonato del mundo de ping-pong?

A pesar de que la final la disputaban, nada más y nada menos, Pa-Lim-Pipí y Pa-Lom-Popó, los dos mejores jugadores del momento, mi hermano Jeremías se quedó sin verla. Ya sabrá usted, señor director de *A ver si te enteras*, que los mejores jugadores del mundo de ping-pong suelen ser chinos, o de esa parte del planeta.

Mi hermano Jeremías se quedó desconsolado. Se le notaba en su estado de ánimo y en la cara de pena que se le puso. En esa situación pasó dos días completos, pero al tercero cambió.

Recuerdo que mi padre le dijo:

—Haz el favor de cambiar esa expresión que tienes en la cara.

—No puedo, papá —replicó mi hermano.

—A todos se nos encoge el corazón al verte así.

—Aún me dura el disgusto por no haber visto la final del campeonato del mundo de ping-pong.

—Pues entonces tendré que decirte una cosa que te hará cambiar al momento.

—Lo dudo.

—Vamos a comprar una cuarta televisión.

—Una cuarta...

—Sí, tu madre y yo lo hemos estado hablando y hemos pensado que tienes todo el derecho del mundo a ver esos campeonatos de ping-pong, con final incluida.

Y a mi hermano Jeremías, como es natural, le cambió la expresión de la cara.

Así fue como llegó a mi casa la cuarta tele, señor director. Se instaló, como podrá suponerse, en la habitación de mi hermano. Mis protestas no sirvieron para nada.

—¿Por qué en su habitación? —preguntaba yo una y otra vez, totalmente indignada.

—Aunque esté en su habitación, la nueva tele es para todos. Tú podrás verla también —me respondía mi madre.

—Pues mejor me lo pones —añadía yo—. ¿Por qué en su habitación y no en la mía? Él podría verla en mi habitación.

—Y tú podrás verla en la suya.

—¿Por qué no lo echamos a suertes? A cara o cruz. Yo me pido cara.

—¡Basta ya de tonterías!

Y mi madre zanjó la discusión.

Desde el día en que entró la cuarta tele en mi casa, mi hermano Jeremías cambió por completo. Hasta entonces he de confesar que era el que menos veía la tele, pues cada dos por tres andaba entrenándose para lo del ping-pong; pero el hecho de tener aquel formidable aparato dentro de su habitación, colocado sobre su mesa de escritorio, lo transformó.

Se pasaba el día viendo retransmisiones de ping-pong y deportes similares, así que, claro, dejó de entrenar. Al cabo de un par de semanas le telefoneó su entrenador.

—Hola, entrenador —lo saludó mi hermano.

—Hace quince días que no vienes a entrenar. ¿Qué te ocurre? ¿Estás enfermo?

—No, no, estoy estupendamente.

—¿Entonces...?

—No me pierdo un solo partido de los que retransmite el canal cuatro.

—Pero eso no basta.

—Lo sé, entrenador. Intentaré volver.

No sé si mi hermano Jeremías lo intentó, pero lo cierto es que no volvió a entrenar. Al cabo de unos meses me dijo algo que me llamó la atención:

—Es mucho más divertido ver el ping-pong por la tele que practicarlo. Fíjate, por la tele repiten las jugadas a cámara lenta varias veces, desde un lado y desde el contrario. No te pierdes un solo detalle.

—Pero si tú no juegas, nunca podrás salir por la tele y yo no podré presumir de tener un hermano famoso.

—No me importa. He descubierto que mi verdadera vocación es la de espectador.

Con cuatro televisores en casa, señor director de *A ver si te enteras*, nos lo montábamos pero que muy bien. Teníamos sintonizada toda la programación de

Urbecualquiera. Lo único que teníamos que hacer era distribuirnos por la casa, según nuestras preferencias.

Pero..., ahora que lo pienso, la única que tenía que andar de un lado para otro era yo. Mi madre siempre se apoderaba de la tele del salón, mi padre de la de su dormitorio y mi abuelo y mi hermano de las de sus respectivos cuartos. Sí, yo era la única que tenía que ir preguntando de un sitio para otro.

—¿Quién está viendo el canal dos? ¿Quién está viendo el canal dos?

—Yo —respondía al fin mi abuelo Jeremías.

—No cambies, abuelo, que voy para allá.

—Tranquila, no pensaba hacerlo.

—Oye, abuelo, ¿tú crees que algún día en Urbecualquiera habrá un quinto canal de televisión?

—No lo sé.

—A mí me gustaría mucho. Estoy deseando que empiece a funcionar ese quinto canal.

—¿Para qué?

—Ya lo verás.

Mis deseos, señor director de *A ver si te enteras*, no tardaron mucho en hacerse realidad. Esta vez fui yo quien dio la noticia en casa, por supuesto a la hora de comer. Radiante de felicidad, di unos golpecitos en un vaso con una cucharilla un par de veces, para llamar la atención de todos.

—Escuchadme bien, porque tengo que daros una noticia —dije, haciéndome la importante—: muy pronto comenzará a funcionar un quinto canal de televisión en Urbecualquiera.

—¿Quién te lo ha dicho? —mi padre siempre preguntaba lo mismo.

—Mi amiga Ana María.

Era verdad que me lo había dicho Ana María a la salida del colegio. ¿A que no sabe usted, señor director, cómo se enteró Ana María? ¿No se lo imagina? Pues muy sencillo, por *A ver si te enteras*. En algún número de su revista se publicó la noticia, Ana María la leyó y me la transmitió a mí.

Mi padre estaba loco de contento, pero antes de que comenzase a soltarnos un discursito sobre la importancia de Urbecualquiera y el desarrollo tecnológico que en ella había tenido lugar, yo me adelanté:

—Entonces... tendremos que comprar cuanto antes la quinta tele.

—¿La quinta? —pareció sorprenderse mi padre.

—Claro, la quinta, que instalaremos en mi habitación. ¿Para qué vamos a esperar a que se produzca una de esas coincidencias en la programación que me impida ver alguno de mis programas favoritos?

—Pues, pensándolo bien, la niña tiene razón —comentó mi padre—. ¿Para qué esperar?

—¿Para qué esperar? —se limitó a repetir mi madre, al tiempo que hacía un elocuente movimiento con sus hombros y con sus brazos.

Yo le guiñé un ojo a mi abuelo Jeremías.

—¿Ya sabes, abuelo, por qué estaba deseando que comenzase a funcionar el quinto canal?

Mi abuelo Jeremías también me guiñó un ojo.

Después de instalar el quinto televisor en mi cuarto, en casa se vivieron tiempos de felicidad plena.

Salíamos a la calle cada día, pero sólo lo imprescindible: mis padres a trabajar, mi hermano y yo al colegio, mi abuelo a la farmacia a tomarse la tensión. El resto de nuestro tiempo lo dedicábamos a ver placenteramente la tele.

Imagino que se habrá dado cuenta ya, señor director de *A ver si te enteras*, de que la afición principal de toda mi familia era ver la tele.

Los sábados y los domingos también los pasábamos en casa, por supuesto, viendo la tele, desde por la mañana hasta por la noche. La programación del fin de semana suele ser distinta, más llamativa y espectacular.

Si alguien telefoneaba a mis padres, o a mi abuelo, o a mi hermano, para proponerles hacer tal o cual cosa, siempre tenían una respuesta preparada:

—No tengo tiempo.

Y, por supuesto, si alguna de mis amigas me telefoneaba, yo respondía lo mismo:

—No tengo tiempo.

—Pero si hoy es domingo.

—No tengo tiempo.

—No hay que ir al cole.

—No tengo tiempo.

—Además, hace un día maravilloso para ir al parque y...

—No tengo tiempo.

Y la verdad era ésa.

No teníamos tiempo para nada. A la televisión le entregábamos todo nuestro tiempo.

¡Qué felices éramos entonces!

Éramos, estoy segura, tan felices como lo somos ahora. Pero aún no me gustaría hablarle del ahora, pues eso embarullaría mucho mi carta. Prefiero seguir contándole la historia paso a paso, tal y como se produjo.

Le decía que éramos muy felices, pues ya no existía posibilidad de perderse ningún programa. Cada uno de nosotros tenía su propio televisor y podía ver lo que le apeteciese.

No nos importó en absoluto que en Urbecualquiera comenzara a emitir un sexto canal, un séptimo, un octavo, un noveno... Hubiera sido un problema si en la familia fuésemos seis o siete personas, pero siendo cinco todo estaba solucionado con cinco televisores.

Creo que fue a partir de entonces cuando comenzamos a vernos poco, quiero decir menos de lo que nos veíamos. Era natural, cada uno estaba en su sitio, frente a su televisor.

No sentíamos necesidad de vernos porque no teníamos cosas importantes que decirnos. Ya se lo he dicho, señor director, éramos felices y no teníamos problemas. La gente que necesita hablar, contarse cosas, desahogarse... es gente que tiene problemas.

Mi amiga Ana María me dice que no está de acuerdo con esto que acabo de escibir. No sé cuáles serán sus argumentos, pero seguro que no consigue convencerme.

Eso sí, seguíamos comiendo juntos en el salón todos los días. Como allí funcionaba siempre el televisor de mi madre, no había demasiados inconvenientes en mantener esa pequeña costumbre.

Pero... ¡Qué tarde es!

Un día más, y ya van tres, veo cómo no consigo terminar mi «caso». ¡Qué rabia me da!

Le ruego que tenga un poco de paciencia. Yo también estoy deseando llegar al final cuanto antes. No puede imaginarse la cantidad de cosas que me estoy perdiendo en la tele por escribir estas cartas. En fin, todo sea por el bien de la humanidad, como dice Ana María.

Me gustaría asegurarle que la próxima carta, la cuarta, será la última; pero ya no me atrevo, pues temo volver a equivocarme. Lo cierto es que mañana sin falta volveré a escribirle, señor director, y será mañana cuando empiece a contarle las cosas increíbles que sucedieron en mi casa cuando decidimos comprar la sexta tele.

Al fin y al cabo, todo lo sucedido, mi «caso», «el caso de la familia Revuelta», empezó en el momento en que entró en casa la referida sexta tele.

Pero eso se lo contaré mañana. Ahora tengo que despedirme de usted, porque de lo contrario se me va a hacer muy tarde. Le envía un saludo lleno de afecto y simpatía, su amiga.

Rebeca Revuelta Revuelta

Segunda parte

Una historia de terror

Cuarta carta

Sr. director de *A ver si te enteras*
Urbecualquiera, lunes 16 de abril

Muy señor mío:

COMO ya sabrá, el día trece cayó en viernes, el catorce en sábado y el quince en domingo. Supongo que al recordarle estos detalles insignificantes comprenderá perfectamente por qué no le he escrito antes. No ignorará usted que durante los fines de semana todos los canales de televisión de Urbecualquiera emiten muchos programas fabulosos. Creo que algo de esto le comenté en mi carta anterior. ¿Cómo perdérmelos?

El viernes por la tarde me encerré en casa y no he salido hasta hoy, lunes, y eso porque tenía que ir al colegio, que si no... Lo cierto es que, a lo largo del fin de semana, en algún momento hice intención de ir a casa de Ana María para continuar con lo de las cartas; pero en cuanto me sentaba ante el televisor se me olvidaba por completo. Ésa es la verdad.

Por eso, he decidido que hoy, lunes, no perderé el tiempo contándole anécdotas de mi familia, iré directamente al asunto central. De esta forma tal vez consiga contarle el resto de la historia.

Le avisaba en mi carta anterior de que, en realidad, todo comenzó a suceder en el momento en que entró la sexta tele en mi casa. ¿Lo recuerda?

Así fue.

Ahora pienso que podía haber comenzado mi historia por aquí y haber prescindido de todo lo anterior.

Bueno..., ya no tiene remedio.

Se preguntará usted, señor director, para qué necesitábamos una sexta tele si en mi casa vivíamos cinco personas. Es una buena pregunta que trataré de explicarle ahora mismo.

Como mi madre y mi padre trabajan fuera, se reparten el trabajo de dentro, es decir, un día uno hace la comida y el otro friega los cacharros, y al día siguiente al revés. Mi hermano y yo los ayudamos. Mi hermano suele ayudar a mi madre y yo a mi padre.

Mi abuelo Jeremías no hace nada en casa. Como

tiene artrosis no puede manejarse bien. Pero no crea que no ayuda. Él se encarga todos los días de ir al mercado a hacer la compra. Se lleva el carrito para evitar esfuerzos. Conoce los precios de todo y a veces hasta regatea con los tenderos del mercado:

—¡Eh, Mariano! —Mariano es el frutero—. En el puesto de la entrada las manzanas están más baratas que aquí.

—Serán peores.

—Igualitas que éstas. O me las rebajas, o me voy a comprarlas al puesto de la entrada.

—Está bien, don Jeremías.

Ya habrá adivinado, señor director de *A ver si te enteras*, que los grandes inconvenientes que se nos planteaban en mi casa eran los momentos de preparar la comida, primero, y de recoger la mesa y fregar los platos, después. Y no porque renegásemos del trabajo. No, no. Todos lo hacíamos de buena gana. El problema residía en que durante el tiempo que empleábamos en esa actividad, no podíamos ver la tele. Y, claro, a veces nos perdíamos programas muy divertidos.

Elevando el volumen de la tele del salón podíamos

oír algo desde la cocina. Pero no era lo mismo. La televisión se ha inventado para ser vista, no para ser oída. Para ser oída ya está la radio.

Sí, era un verdadero fastidio.

Un día en que mi padre y yo, ataviados con sendos delantales, nos afanábamos en fregar cuanto antes los cacharros de la comida, hice un comentario.

—No me da rabia fregar. Lo que me da rabia es perderme parte del programa *La digestión con Jota Hormiga*.

—A mí también —reconoció mi padre con las manos llenas de jabón—. Es lo que llevo peor.

—Señorasssss, señoresssss, muy buenasssss, tardesssss —comencé a imitar a Jota Hormiga para consolarme un poco.

De pronto, mi padre se detuvo en seco, con un plato entre sus manos.

—A no ser que... —murmuró entre dientes.

—¿Cómo dices? —le pregunté.

—Se me ha ocurrido una brillante idea —añadió mi padre muy contento—. Termina con esos cacharros y vamos al salón. Se lo diremos a tu madre, a ver qué opina.

—Pero, ¿qué idea se te ha ocurrido?

—En seguida lo verás.

—Dame una pista.

—No hay pistas, seguro que te encantará.

Como *La digestión con Jota Hormiga* es un programa que nos gusta a todos, en el salón permanecían, junto a mi madre, mi abuelo y mi hermano.

—¿Qué tal está hoy el programa? —preguntó mi padre.

—¡Cagüen...! —exclamó mi abuelo—. ¡Qué ocurrencias tiene este Jota Hormiga!

—Rebeca y yo no hemos podido verlo porque nos tocaba fregar los cacharros —añadió mi padre.

Mi madre, sin duda sorprendida por las palabras de mi padre, volvió la cabeza y nos clavó la mirada.

—Claro —dijo al fin—. Y mañana Jeremías y yo nos quedaremos sin verlo porque tendremos que fregar los cacharros.

—A no ser que... —mi padre repitió esa enigmática frase, que volvió a dejar sin terminar.

Ahora todos mirábamos a mi padre. Yo creo que hasta Jota Hormiga miraba a mi padre.

—A no ser..., ¿qué? —preguntó mi madre al cabo de un rato.

—A no ser que compremos la sexta tele.

A todos nos pareció una brillante idea. Era la forma de acabar con ese incómodo problema ocasionado por algo tan elemental y cotidiano como fregar los platos.

Y la compramos.

Compramos la sexta tele para la cocina, naturalmente. Tuvimos que colocarla sobre el frigorífico, ya que allí no sobraba precisamente espacio, y extendimos hasta el techo sus dos antenas plegables.

La tele de la cocina, como podrá suponer, señor director, era más pequeña, portátil, lo cual, además de económico, resultaba muy práctico.

Desde ese día, nadie volvería a renegar en casa a la hora de fregar los cacharros. Todos lo haríamos encantados, pues no nos perderíamos detalle de *La digestión con Jota Hormiga,* aunque tuviéramos que estar en la cocina.

Ahora, por más que lo pienso, no sé muy bien por dónde continuar.

Creo que debería explicarle lo que pasó, sin más.

Y pasó que...

Pero es que yo no sé lo que pasó. Es decir, sé lo que pasó, pero no sé lo que pasó.

No queda claro.

Mi amiga Ana María dice que usted no va a entender ni una palabra como siga expresándome de esta manera. Pero..., ¿qué puedo decirle?

A mí, en realidad, me gustaría saber por qué pasó lo que pasó. Pero no lo sé.

Y Ana María, a pesar de ser la más lista de la clase, tampoco lo sabe. Se lo he preguntado muchas veces.

—Es un fenómeno extraño, muy extraño —me ha respondido siempre.

—Pero eso no es descubrir nada. En todos esos libros que lees, ¿no has encontrado algo parecido?

—No.

—¡Qué fatalidad!

—A veces he leído relatos fantásticos, donde pueden ocurrir cosas tan sorprendentes como lo que pasó en tu casa; pero eso es fantasía, no realidad.

—Entonces no me sirve. Tiene que ser algo real, porque lo que ocurrió en mi casa fue real. ¡Vaya que si fue real!

—Pues entonces no he leído nada parecido. Las historias realistas suelen contar otras cosas.

Mi abuelo dice que fue cosa del diablo.

Mi padre dice que tuvo que ser por culpa de unos cables mal colocados que produjeron un cortocircuito.

Mi madre dice que fue una conjunción de planetas.

Mi hermano dice que todo fue un sueño y que nunca llegamos a comprar la sexta tele.

Y yo..., señor director, lo único que puedo decir es que no tengo ni idea.

Pero comenzaron a pasar cosas.

El primer indicio de que algo estaba ocurriendo se produjo dos días después de la llegada de la sexta tele, a la hora de comer. Lo recuerdo perfectamente. Estábamos todos juntos a la mesa. A pocos metros el televisor encendido. Aún no había comenzado *La digestión con Jota Hormiga* y daban un reportaje sobre el circo.

Salieron primero unos trapecistas muy buenos, luego, unos payasos y finalmente un domador con varios tigres. En ese instante, oímos en el salón un rugido de tigre. Sí, el rugido lo había dado uno de aquellos tigres, pero..., ¿cómo decírselo? Aquel rugido resonó en el salón de mi casa como si el tigre estuviera debajo de la mesa. Y no, no estaba debajo de la mesa, estaba en la tele.

Nos asustamos mucho. Mi madre tiró incluso un

vaso de agua que iba a coger en esos momentos. A mi hermano se le abrió la boca de par en par y yo me abracé a mi padre.

El único que no se asustó fue mi abuelo Jeremías, porque él, en su juventud, fue domador de fieras y durante algunos años trabajó en un circo. El abuelo Jeremías dio un salto con una agilidad pasmosa al oír aquel rugido, cogió la silla, la levantó del suelo y se quedó mirando fijamente la tele.

—¡Pero papá...! —dijo mi padre al abuelo, tratando de poner orden—. ¿Se puede saber qué haces con esa silla? Los tigres están en la tele.

—Ya lo veo —respondió mi abuelo—. Pero ese rugido... No sé... Ese rugido...

La verdad es que ese rugido fue espeluznante y ninguna televisión, aunque tuviera sonido SJ-474B intratimpánico y caracoleiforme, podría haberlo emitido. De eso, ahora estoy segura.

Pero no terminó ahí la cosa. Al cabo de un rato, un olor extraño comenzó a invadir el salón. Era un olor sencillamente repugnante.

Mi padre miró con extrañeza la fuente de pescado que permanecía en el centro de la mesa.

—¿Dónde has comprado este pescado? —le preguntó mi padre al abuelo.

—Hijo mío, no entiendes nada de olores —respondió el abuelo.

—¿Ah, no? ¡Este pescado está podrido! ¿Es que no percibes el olor?

—¡No huele a pescado! —se enfadó un poco el abuelo—. ¡Huele a tigre!

Volvimos la vista hacia el televisor. Y allí continuaban esos tigres, saltando de un lado a otro, al ritmo que marcaba el látigo del domador.

El abuelo se acercó muy despacio hasta el aparato, olfateó un par de veces la pantalla y nos llamó, con gestos ostensibles de la mano.

—¡Venid! ¡Venid!

Rodeamos el televisor y al instante tuvimos que taparnos las narices. De la pantalla emanaba un olor difícilmente soportable, sobre todo a la hora de comer.

—¡Es verdad! —gritó mi hermano Jeremías—. ¡Huele asquerosamente a tigre!

Estuvimos leyendo y releyendo las instrucciones del televisor del salón, por si se trataba de algún modelo que tuviera olor incorporado. Pero no. Tenía todo lo que se puede pedir a un televisor moderno, menos olor.

—¡Cagüen...! —exclamaba el abuelo de vez en cuando—. Este olor me ha hecho recordar mi época de domador. ¡Qué tiempos aquellos! Fue entonces cuando conocí a la abuela. Una tarde vino al circo y yo me fijé en ella.

El olor repugnante no cesó hasta que terminó el número de los tigres.

A continuación, comenzó *La digestión con Jota Hormiga.*

Durante el resto del día volvieron a suceder cosas extrañas, siempre relacionadas con el olor.

Como por la tarde cada uno veía la televisión en su sitio habitual, no pudimos percibirlas juntos, como ocurrió con el olor a tigre. A veces, alguno de nosotros abandonaba su cuarto y recorría la casa comentando lo sucedido a los demás.

—¡Qué asco! —iba diciendo mi madre de habitación en habitación.

—¿Por qué dices eso? —le pregunté al llegar a la mía.

—¿Has visto los anuncios del canal tres?

—Sí, hace un rato.

—¿Y no has notado nada extraño cuando ha salido ese anuncio de plantillas que absorben los malos olores de los zapatos?

—No.

—Pues te aseguro que el salón se ha visto invadido por un pestazo insoportable.

—¿Y a qué olía?

—¡A qué va oler! ¡A pies!

Poco después fue mi hermano el que salió corriendo de su cuarto, dando voces por el pasillo.

—¿No lo notáis? ¿No lo notáis? —repetía una y otra vez—. ¡Huele a gasolina!

Él estaba viendo los entrenamientos de una carrera de coches de fórmula uno. Después del ping-pong es lo que más le gusta. Nos explicó que uno de los coches abandonó la pista y entró en la zona de *boxes* para repostar y, en ese momento, comenzó a notar el olor característico de la gasolina.

Mi padre también notó olores extraños, sobre todo a pintura. Veía una película en la que el protagonista pintaba de blanco una valla de madera que rodeaba su casa de campo mientras charlaba amigablemente con un vecino. Se pasaba una secuencia entera

pintando la dichosa valla y mi padre nos aseguró que percibía el olor como si él mismo la estuviera pintando.

No entendíamos nada.

Se preguntará usted, señor director, si yo también noté algún olor raro o extraño. Pues sí, lo noté, aunque no tenía nada de raro ni de extraño. Y lo percibí como mi madre, es decir, viendo los anuncios.

De repente, apareció una chica preciosa, alta y rubia, con el pelo largo y suelto, envuelta en una gasa azulada. Corría descalza por el campo, atravesando una pradera verde llena de flores multicolores...

Seguro que ha visto alguna vez ese anuncio.

Se trata de la publicidad de una colonia que me gusta mucho. Es mi colonia favorita. Cuando llega mi cumpleaños a todo el mundo le pido que me la regale. La utilizo durante todo el año: *Agua Fresca Petalotúfica*.

Cuando la chica de pelo largo y suelto se encuentra con el chico atlético que lleva el torso desnudo y le muestra el frasco de colonia, lo percibí con toda claridad.

—¡*Agua Fresca Petalotúfica!* —grité—. ¡Mi colonia favorita!

El olor permaneció un buen rato en mi cuarto.

Tardé mucho tiempo en dormirme aquella noche. Pensaba en lo que había sucedido e intentaba buscar una explicación razonable. Poco antes de que el sueño se apoderase de mí, creí haberla encontrado.

Mis pensamientos parecían muy lógicos:

«Sin duda, se ha producido un descubrimiento grandioso. Alguien ha inventado la televisión con olor y los distintos canales de Urbecualquiera la están experimentando. No han dicho nada porque estarán en fase de prueba, seguro que mañana se aclara todo».

Pero al día siguiente no se aclaró nada de nada.

De verdad que lo siento, señor director de *A ver si te enteras;* pero esta vez se me acaba el tiempo en el momento en que empieza lo más interesante.

Le aseguro que mañana, en cuanto salga del colegio, me encerraré con Ana María en su cuarto y le escribiré el resto de la historia.

Fíjese bien, he dicho mañana, es decir, diecisiete de abril, martes. ¿No le dice nada eso? Pues sí, el martes es el día de *El sonido de mis tripas,* mi programa musical favorito; pero estoy dispuesta a perdérmelo, a sacrificarme, con tal de acabar esta historia de una vez.

Me consuela pensar que mañana podré ir al grano

directamente, sin rodeos, pues usted, señor director, ya está al tanto de todos los prolegómenos.

«Prolegómenos» es una palabra un poco rara. Yo no sé lo que significa. No quería ponerla en mi carta, pero Ana María se ha empeñado.

—Hazme caso y ponla. Y no te olvides de la tilde en la o de enmedio.

—¿Pero qué significa prolegómenos?

La he obligado a consultar el diccionario y me ha leído la definición.

—«Lo que se pone al principio para establecer los fundamentos generales de la materia que se va a tratar.»

Sigo sin saber muy bien lo que significa «prolegómenos». Espero que usted sí lo entienda; si no la palabra, al menos la definición del diccionario.

Por tanto, señor director de *A ver si te enteras*, me despido hasta mañana sin falta.

Le envía un saludo afectuoso, su amiga.

Rebeca Revuelta Revuelta

Quinta carta

Sr. director de *A ver si te enteras*
Urbecualquiera, martes 17 de abril

Muy señor mío:

COMO verá por la fecha, he cumplido esta vez mi palabra. Ha de saber usted que, mientras le escribo esta carta, en la tele están poniendo *El sonido de mis tripas* y, para colmo, los invitados de la semana son *Cefalópodos Desenhebrados,* mi grupo musical preferido.

Iré directamente a los hechos y no me perderé por las ramas, aunque mi amiga Ana María se enfade porque la redacción no sea muy correcta.

Creo que Ana María ya se ha enfadado.

—No tienes por qué escribir esas cosas —me ha dicho—. ¿Qué va a pensar el director de *A ver si te enteras*?

—Que piense lo que quiera —le he respondido—. La carta la escribo yo y la firmaré yo, por tanto la haré a mi manera. Tú limítate a corregir las faltas de ortografía, los errores gramaticales... Esas cosas.

—Está bien —se ha resignado—. Me limitaré a ser tu correctora de estilo.

—Llámalo como quieras.

Pues bien, señor director, después de la tarde tan olorosa que pasamos, al día siguiente sucedió otra cosa muy extraña.

Estábamos todos juntos en el salón, terminando de comer. Después de las noticias, comenzó *La digestión con Jota Hormiga.*

A mi hermano y a mi madre les tocaba ese día fregar los cacharros, así que, una vez acabado el postre, me senté en el sofá con ánimo de disfrutar un ratito del programa, hasta la hora del colegio.

Reconozco que tengo suerte con el horario de mi colegio. En la mayoría comienzan las clases a las tres de la tarde, algunos incluso a las dos y media; sin embargo en el mío entramos a las tres y media. Como el programa empieza a las tres, puedo verlo aproximadamente unos veinte minutos. También es una suerte que el colegio esté cerca de casa.

Pero algunos tienen más suerte todavía. Me he enterado de que en los colegios de otras ciudades hacen jornada intensiva: dan más horas de clase por las mañanas y tienen las tardes libres para ver la tele. ¡Esos sí que tienen suerte! ¡Ya podían hacer lo mismo los colegios de Urbecualquiera!

Cuando termine de escribirle esta carta y de contarle mi «caso», o el «caso de la familia Revuelta», tal vez escriba otra carta al alcalde, o al ministro de Educación, o al presidente del Gobierno, para pedirles que los colegios de Urbecualquiera sólo tengan clase por las mañanas. Espero que Ana María me ayude a redactarla, aunque no sé si querrá, pues ella dice que prefiere ir al colegio antes que ver la tele.

Mi abuelo también se levantó de la mesa y se dispuso a colocar su silla junto al sofá, como tenía por costumbre. Ya le he dicho que mi abuelo no se separa de su silla en ningún momento. Allá donde va él, allá que se lleva la silla.

En ese preciso instante, Jota Hormiga, con su

gesto característico, decía aquello de...: «Señorasss, señoresss, muy buenasss tardesss».

Mi abuelo, que en ese preciso instante pasaba frente al televisor, se detuvo en seco y, llevándose una mano a la frente, exclamó:

—¡Cagüen...!

Volví la mirada hacia el abuelo Jeremías, que con un movimiento de su mano parecía haberse limpiado la frente y se observaba con detenimiento las yemas de los dedos.

—¡Cagüen...! —repitió con un gesto de indignación—. ¡Ha sido Jota Hormiga!

—¿Qué dices, papá? —le preguntó mi padre.

—¡Ha sido Jota Hormiga! —gritó mi abuelo, señalando el televisor—. ¡Valiente marrano!

—¡¿Quieres explicarte de una vez?! —insistió mi padre.

—¿Es que no lo habéis visto? Con esa manía que tiene de arrastrar las eses, se le ha escapado de la boca una salivilla, que me ha caído en la mismísima frente.

Todos nos miramos, sorprendidos al principio y divertidos luego.

—¡Pero papá...! —dijo mi padre, moviendo ostensiblemente la cabeza de un lado a otro.

Mi madre y mi hermano vinieron desde la cocina para averiguar qué había ocurrido y no pudieron contener la risa cuando se lo contamos.

El rostro de Jota Hormiga continuaba llenando la pantalla. En ese instante, anunciaba algunas de las actuaciones que tendrían lugar a lo largo del programa:

—En primer lugar, veremosssssss a la sssssssuper esssssssstrella...

Entonces, mi abuelo se llevó violentamente una mano a un ojo y volvió a gritar:

—¡Otra vez!

—¡No digas tonterías! —intervino mi padre en seguida.

—¿Tonterías? —gruñó mi abuelo—. ¡Menudo perdigón me ha echado en el ojo!

—Anda, siéntate ya.

—Me sentaré, pero desde luego lejos de Jota Hormiga, que hoy tiene la boca que parece un surtidor.

El abuelo se puso pesadísimo. Aseguraba una y otra vez que a Jota Hormiga, al arrastrar de aquella manera exagerada las eses, se le escapaban a menudo salivillas de la boca, y que dos de aquellas salivillas le habían caído a él: la primera en la frente y la segunda en un ojo.

La cosa se complicó cuando intervino mi hermano.

—Pues yo lo he visto —aseguró él.

—¿Qué has visto tú? —le preguntó mi padre.

—La primera vez no he visto nada porque estaba en la cocina —continuó mi hermano—. Pero la segunda vez he visto cómo Jota Hormiga le escupía al abuelo.

—¡Quita, quita! ¡No exageres! —intervino mi abuelo—. Jota Hormiga no me ha escupido, sólo se le ha escapado una salivilla de la boca al hablar. Es algo normal y corriente que le pasa a todo el mundo.

—Pues si es algo normal y corriente no veo por qué hay que armar tanto alboroto —concluyó mi padre, acomodándose en el sillón, con ganas de zanjar el incidente.

Yo me acerqué un poco a él y le pregunté:

—¿A ti te parece normal y corriente?

—Pues claro —respondió—. A todo el mundo le pasa, ya has oído al abuelo.

—Pero es que Jota Hormiga está en la tele, dentro de la tele, es decir, en los estudios de grabación...

No continué porque me di cuenta de que a mi padre le estaba cambiando el gesto de la cara y la frente se le llenaba de puntitos brillantes de sudor. Le pasa esto cuando se pone nervioso.

El abuelo se enfadó mucho con Jota Hormiga. Estaba indignadísimo.

—¡No volveré a ver jamás *La digestión con Jota Hormiga*! ¡En la vida!

Aquella tarde, después de mucho tiempo, volvió al club de jubilados. Por la noche, me estuvo contando el recibimiento que le habían dado. Todos sus amigos se pusieron muy contentos de volver a verlo, y sobre todo Alvarito, que es su amigo más íntimo.

A Alvarito le contó lo sucedido.

—¿Sabes lo que me ha ocurrido esta misma tarde, antes de venir al club?

—Cuéntame.

—Jota Hormiga, ese famoso presentador de la tele, me ha llenado de perdigones al hablar, primero en la frente y después en un ojo.

—¿Has estado con él?

—¡Qué va! Y eso es lo extraño. Él estaba en la tele, presentando su programa, y yo en casa.

Alvarito movió la cabeza de un lado a otro.

—¡Ay, Jeremías! —exclamó—. ¡Las cosas que nos pasan a nuestra edad! Yo, sin ir más lejos, el otro día me puse a charlar en medio de la calle con el poste de un semáforo, creyendo que se trataba de un vecino.

—¡Pero te aseguro que lo de Jota Hormiga es cierto! ¡No vayas a pensar que son alucinaciones propias de la edad!

—Yo también estaba convencido de que el semáforo era mi vecino hasta que cambió de color.

—¡Que no me entiendes, Alvarito!

—Te entiendo perfectamente.

—¡Lo tuyo fue una alucinación y lo mío no! ¡Noté el impacto de la salivilla y me la quité con las yemas de mis propios dedos!

Mi abuelo se molestó muchísimo con las insinuaciones de Alvarito.

Pues bien, señor director de *A ver si te enteras*, ya conoce usted los dos primeros síntomas.

¿Síntomas?

Le he dicho a Ana María que busque la palabra «síntoma» en el diccionario.

—«Señal, indicio de una cosa que está sucediendo o va a suceder.»

Sí, creo que de eso se trataba. Tanto los olores como las salivillas de Jota Hormiga eran síntomas de lo que iba a suceder a continuación.

Tal vez ninguno de los dos sucesos le parezca realmente importante y significativo, pero estoy segura de que lo que sucedió después no le dejará indiferente y le despejará cualquier duda.

Y lo que sucedió después, ocurrió aquella misma noche.

Mi madre veía la tele en el salón, mi padre en su dormitorio, mi abuelo en su cuarto, mi hermano en el suyo y yo en el mío.

Estábamos tranquilos y felices, disfrutando de nuestros programas favoritos, cuando de repente un grito angustioso resonó en toda la casa.

—¡¡¡Aaaaaah!!!

Era mi padre.

Salí a toda prisa de mi habitación, un poco asustada, pensando que algo grave había sucedido. En el pasillo me choqué con mi hermano y con mi abuelo, que también salían de sus habitaciones respectivas. Los tres corrimos pasillo adelante, hasta que nos encontramos con mi madre, que venía corriendo desde el salón.

—¿Qué ha sido eso? —preguntó.

—Un grito —respondió mi hermano.

—¿A vosotros también os ha parecido la voz de papá? —siguió preguntando mi madre.

—Estamos seguros —respondí esta vez yo.

Iniciamos todos a la vez una carrera hacia el dormitorio, donde se suponía que estaba mi padre, pero al instante nos detuvimos en seco, pues él ya salía también al pasillo.

Mi padre se acercó al grupo. Estaba pálido, con los ojos ausentes y andaba como si fuese un zombi. Con una de sus manos se tapaba la boca.

—¿Has sido tú quien ha gritado de esa forma? —le preguntó en seguida mi madre.

Mi padre movió la cabeza de arriba abajo, en un gesto claramente afirmativo.

—¿Y por qué, si puede saberse? Nos has asustado.

En ese momento, mi padre se quitó la mano de la boca y todos pudimos verlo con claridad. Su bigote

—porque mi padre tenía bigote— había desaparecido. En su lugar, quedaba únicamente una especie de rasguño, en perfecta línea recta, sobre su labio superior.

—Ya sé lo que ha pasado —rió mi hermano—. Papá se ha afeitado el bigote y, al verse tan feo en el espejo, no ha podido contener un grito de espanto.

—¡No! —gritó mi padre.

—Pues entonces —continué yo—, lo que ha pasado es que, al afeitarse, se ha cortado y ha gritado de dolor.

—¡No! —repitió mi padre—. ¡Os aseguro que yo no me he afeitado el bigote!

—Entonces..., ¿quién te lo ha afeitado? —preguntó mi abuelo.

—¡Ha sido Toro Sentado! —exclamó mi padre, señalando hacia el interior de su dormitorio.

Entramos todos en el dormitorio y lo primero que nos llamó la atención fue la pantalla de la tele, encendida, en la que un grupo de indios, en pie de guerra, cabalgaba al galope por una pradera, enarbolando arcos y lanzas con ademanes claramente amenazantes.

—¡Ha sido Toro Sentado! —repitió mi padre—. ¡Ha sido él!

Todos creímos a mi padre. No porque nos pareciese verosímil lo que decía, sino porque, clavada en una de las puertas del armario, con restos de su bigote, había una flecha.

Examinamos aquella flecha con curiosidad. Era una auténtica flecha, o al menos a todos nos lo pareció, ya que en realidad ninguno de nosotros entendía de flechas.

—¿Tú crees que se trata de una flecha envenenada? —le preguntó mi hermano a mi abuelo, en voz baja, para que mi padre no se inquietase.

—No lo creo.

—¡Menos mal!

Inmediatamente, finalizó la película de indios. Mi padre pareció tranquilizarse un poco y nos dio unas cuantas explicaciones:

—Veía, como cada noche, la película *Toro Sentado, toro cansado,* cuando de repente esa flecha salió de la pantalla como una exhalación y... y... y...

—Y..., ¿qué?

—¿No lo veis? ¡Me afeitó el bigote!

Mi abuelo comenzó a dar paseos de un lado a otro de la habitación.

—¡Cagüen...! —mascullaba—. Primero, ese olor a tigre. Luego, las salivillas de Jota Hormiga. Ahora, la flecha de... ¡Qué raro! Esto no me gusta nada.

Mi hermano interrumpió de repente las reflexiones de mi abuelo.

—¡Eh! —gritó—. ¡Mis pies han desaparecido!

Todos miramos hacia el suelo y ninguno pudo verse los pies. El suelo del dormitorio estaba cubierto por una densa nube de humo, que ascendía poco a poco. Y esa nube salía también del televisor.

Después del filme *Toro Sentado, toro cansado,* habían conectado con una unidad móvil para informar de un devastador incendio forestal. Y el humo de aquel incendio, e incluso el calor sofocante, se colaban por la misteriosa pantalla del televisor e invadían el dormitorio.

—¡Que me asfixio! —grité, llevándome las manos a la garganta.

Corriendo, salimos del dormitorio.

—¡Al salón! ¡Al salón! —gritaba mi padre—. ¡Hay que avisar a los bomberos!

Al llegar al salón fuimos recibidos por una ráfaga de ametralladora, que nos hizo tirarnos al suelo.

No es que nos matasen a todos, no; pero tuvimos que lanzarnos al suelo como quien se lanza a una piscina.

Como se lo digo, señor director de *A ver si te enteras*.

Y a partir de ahora, preste mucha atención a todo lo que sigue, pues los acontecimientos se sucedieron a velocidad de vértigo.

En el salón nos parapetamos tras el sofá. Por encima del respaldo, y al cabo de un rato, asomamos la cabeza para ver lo que sucedía.

—¡Es la serie *El exterminador inmisericorde*! —dijo mi madre.

Una nueva ráfaga, disparada desde el televisor por un tipo fornido, vestido de cuero negro con remaches y con gran cantidad de fetiches colgados del cuello, nos rozó las cabezas y destrozó un par de cuadros colgados en la pared.

—¡Hay que salir de aquí! —gritó mi padre—. ¡Ese exterminador inmisericorde está dispuesto a hacernos picadillo!

—¿Y cómo? —pregunté yo, llena de espanto.

—¡A rastras! ¡De uno en uno! ¡En orden! ¡Como

si fuéramos lagartijas! ¡Es algo que aprendí en el ejército!

Y como si fuéramos lagartijas, abandonamos el salón, entre atronadoras ráfagas de ametralladora y el ruido de innumerables objetos hechos añicos.

¡Menos mal que mi padre había aprendido cosas importantes en el ejército!

Sin levantarnos del suelo, nos dirigimos al cuarto de estar, es decir, a la habitación de mi abuelo, que era la más próxima. Empujamos la puerta para entrar y lo que vimos nos heló la sangre.

Dentro, había un enorme toro bravo, arremetiendo contra todo. Ya había destrozado con sus cuernos el mueble-cama del abuelo. Desde la pantalla del televisor, el torero y su cuadrilla lo llamaban a voces y lo citaban con sus capotes.

—Parece que no nos ha visto —comentó el abuelo—. Procurad no hacer ruido para no llamar su atención.

Continuamos, por tanto, arrastrándonos como lagartijas por el pasillo.

En la habitación de mi hermano tampoco pudimos entrar. Allí, imagíneselo usted, señor director, se encontraban, con aspecto de pocos amigos, Asterix, Obelix y toda esa pandilla de galos furibundos, quienes, al vernos, comenzaron a gritar:

—¡*Por Tutatis*! ¡Los romanos! ¡A por ellos! ¡Que no quede ni uno vivo!

Yo vi con mis propios ojos cómo ese gigante de Obelix levantaba con sus musculosos brazos una piedra tan grande como un frigorífico.

Cruzamos el pasillo, con ánimo de refugiarnos en mi habitación; pero el ruido de unos bombazos terribles que procedían del interior nos hizo desistir.

¿Qué hubiera hecho usted en nuestro caso, señor director de *A ver si te enteras*? Me gustaría saberlo. Nosotros, la verdad, no sabíamos qué hacer. Estábamos muertos de miedo.

De repente, como impulsados por una misma idea, nos lanzamos todos a la vez contra la puerta del cuarto de baño. Menos mal que la puerta no estaba cerrada, porque de lo contrario hubiera saltado en pedazos.

Allí nos encerramos.

Por fortuna, en el cuarto de baño todo era normal y no pasaban cosas raras.

¡Y otra vez se me ha hecho tardísimo!

Lo siento de verdad, señor director de *A ver si te enteras*.

No puede imaginarse lo que lo siento. No voy a tener más remedio que continuar mañana. Y mañana, se lo aseguro, llegaré al final de la historia, de mi «caso». Llegaré como sea, porque ya no aguanto más cartas.

Recuerde, señor director, que nos quedamos en el momento en que toda mi familia se refugió en el cuarto de baño. No sé si se habrá dado cuenta de que el cuarto de baño era el único lugar de mi casa donde no había un televisor. Se lo digo para que vaya usted atando cabos.

Y nada más por hoy.

Se despide, enviándole un afectuoso saludo, su amiga.

Rebeca Revuelta Revuelta

Sexta carta

Sr. director de *A ver si te enteras*
Urbecualquiera, miércoles 18 de abril

Muy señor mío:

LE aseguro que mi familia está empezando a preocuparse por mi extraña conducta. Yo no les he dicho lo de las cartas y ellos piensan que, simplemente, me quedo a estudiar con Ana María. Y, claro, no pueden comprender que una tarde tras otra me pierda fantásticos programas de televisión, cuando antes no me los perdía por nada del mundo. Por fortuna, pronto acabará esta situación y volveré a ser normal y corriente. ¡Estoy deseándolo!

Ayer, nos quedamos en el instante en que toda mi familia se refugió en el cuarto de baño. Continuaré, por tanto, mi relato sin perder un segundo.

Verá, señor director, creo que cuando comenzaron a suceder aquellas cosas tan extrañas en mi casa, todos nos dimos cuenta de que la culpa de lo que estaba pasando la tenían los televisores.

Creo que todos lo comprendimos de inmediato y por eso echamos a correr hacia el cuarto de baño, pensando que era el único sitio donde estaríamos a salvo. Y no nos equivocamos. No sé si le he dicho que en el cuarto de baño todavía no habíamos instalado un televisor.

Eso nos salvó.

Una vez dentro, mi padre echó el pestillo de la puerta. Nos miramos y en nuestros propios rostros descubrimos la imagen del miedo. Respirábamos profundamente, tratando de recobrar el pulso de nuestros corazones acelerados.

Pasados unos minutos, fuimos acomodándonos como pudimos, ya que el cuarto de baño de mi casa es más bien pequeño.

Mi abuelo se sentó en la taza del inodoro, porque dijo que era lo que más se parecía a su silla. Mi madre se acopló sobre el bidé y mi hermano y yo nos sentamos en el borde de la bañera.

Sólo mi padre permanecía de pie, inmóvil, pensativo, apoyado sobre la puerta.

—¿Qué demonios está pasando aquí? —se preguntó, y su voz rompió un silencio que empezaba a ser dramático.

Por supuesto, nadie supo qué responder.

Pasamos el resto de la tarde encerrados en el cuarto de baño, sin movernos apenas, sin dirigirnos la palabra, sin mirarnos siquiera.

Al otro lado de la puerta, es decir, en nuestra propia casa, estaban pasando cosas que no podíamos entender. Eran cosas muy extrañas y, desde luego, peligrosas. Ahora no las veíamos, porque no nos atrevíamos a abrir la puerta, pero estábamos seguros de que continuaban. Si no, ¿cómo explicar todos esos ruidos que oíamos constantemente?

Primero fue un helicóptero. Estoy segura. El motor de los helicópteros tiene un ruido característico. Y ese helicóptero revoloteaba por el pasillo de un lado a otro. Algunas veces sentíamos cómo se acercaba a la puerta del cuarto de baño, donde permanecía unos momentos, inmovilizado en el aire. Oíamos también una voz, que parecía salir de un altavoz del propio he-

licóptero; pero no podíamos entender lo que decía porque no hablaba en nuestro idioma.

Luego, fue un coche de policía, a toda velocidad y con las sirenas conectadas. Los agentes que lo conducían pisaban el acelerador a tope, ya lo creo. No se puede imaginar, señor director, cómo chirriaban las ruedas sobre el parqué del salón y del pasillo. Debían de perseguir a alguien, porque al momento iniciaron un fenomenal tiroteo. Nosotros nos arrojamos al suelo al oír los primeros disparos, y menos mal que lo hicimos, ya que varias balas atravesaron la puerta del cuarto de baño y se incrustaron en las paredes.

A lo largo de la tarde hubo de todo: caballos salvajes, perros que no dejaban de ladrar, un *rally* automovilístico, una guerra en alguna parte del mundo, un terremoto en otra... Y más cosas que ahora no puedo recordar.

Poco a poco se fue haciendo de noche. Lo notábamos por la escasa luz solar que entraba por la pequeña ventana del cuarto de baño.

Cuando nos quedamos prácticamente a oscuras, caímos en la cuenta de que llevábamos varias horas encerrados y de que la llave de la luz estaba por fuera y, por consiguiente, si queríamos ver algo no tendríamos más remedio que abrir la puerta y pulsar el interruptor.

—Tenemos que hacerlo —dijo mi padre, resuelto.

Todos pensamos que se refería a lo de la luz. Pero no. Él se refería a otra cosa. Continuó hablando:

—Abandonaremos el cuarto de baño, atravesaremos el pasillo y saldremos a la calle. Una vez allí, llamaremos a la policía. Esto es un caso para la policía.

—O para el ejército —añadió mi abuelo.

Decidido, mi padre abrió la puerta y salió al pasillo. Todo estaba muy oscuro. La única luz eran los resplandores de los televisores funcionando.

—Parece que no hay nadie en el pasillo —dijo, mirando a todas partes.

Y no había acabado de hablar cuando una auténtica nave espacial salió de la cocina lanzando rayos destructores a diestro y siniestro.

—¡Cuidado, papá! —grité al verla.

Mi padre se revolvió a toda velocidad y entró de nuevo en el cuarto de baño, pero por fortuna tuvo tiempo de accionar con una de las manos el interruptor de la luz. Al menos, no estaríamos a oscuras el resto de la noche.

—¿Qué era eso? —preguntó mi padre, mientras echaba de nuevo el pestillo de la puerta.

—Una nave intergaláctica del planeta Huppys IV —respondió mi hermano.

—¿Qué dices?

—Todas las semanas veo esa serie. Es fabulosa. Estoy seguro de que se trataba de una nave de Huppys IV. Son inconfundibles. Y sus rayos mortíferos son los más destructores de toda la galaxia.

—¡De buena me he librado! —suspiró mi padre.

Al cabo de un rato, mi abuelo Jeremías se levantó, se subió al borde de la bañera, abrió el ventanuco que daba al patio interior y, asomando por él la cabeza, comenzó a gritar:

—¡Socorro! ¡Socorro! ¡Ayúdennos!

En principio, parecía una buena idea. Si alguien conseguía oírnos, podría avisar a la policía, como pretendía mi padre, o al ejército, como decía mi abuelo. El caso era que nos ayudasen a salir de allí.

Todos nos lanzamos hacia el ventanuco.

—¡Socorro! ¡Auxilio! —gritábamos una y otra vez.

Aquel ventanuco no daba a la calle y era difícil, por tanto, que nos oyese gente de fuera; pero alguien de dentro, es decir, del mismo edificio, tendría que oírnos. Gritábamos a la vez, con todas nuestras fuerzas.

—Una, dos y tres —contaba mi padre.

—¡¡¡Socorro!!!

—Una, dos y tres.

—¡¡¡Auxilio!!!

—Una, dos y tres.

—¡¡¡Ayúdennos!!!

Sin duda, algo raro pasaba. Durante algunos minutos se encendió la luz del cuarto de baño de Rafael y Margarita, nuestros vecinos. Los cuartos de baño sólo estaban separados por el patio interior y éste no tiene más de cinco metros de ancho.

—¡¡¡Rafael!!! ¡¡¡Margarita!!! ¡¡¡Socorro!!! —gritábamos una y otra vez.

Era imposible que no nos oyesen, pero no nos oían. No obstante, como no era la primera cosa rara que sucedía, no nos extrañó demasiado.

Acabamos afónicos de tanto gritar y al cabo de diez o quince minutos, desolados, nos separamos del ventanuco y volvimos a colocarnos en nuestros sitios.

—Tiene que haber una solución y debemos dar con ella —reflexionó mi padre en voz alta—. Analicemos la situación y pensemos fríamente.

Y al instante todos nos pusimos a pensar.

Yo confieso que pensé, y pensé, y pensé... Pero no se me ocurrió nada.

—Está claro que todas esas cosas que recorren la casa han salido de los televisores —fue mi abuelo quien rompió el silencio.

—Eso parece —dijo mi padre—. Pero, ¿adónde quieres llegar?

—Y salen de los televisores —continuó mi abuelo— porque están encendidos.

Mi padre dio un salto tremendo, golpeándose un costado con el toallero.

—¡Claro! —gritó—. ¡Y si desconectamos los televisores, dejarán de salir cosas!

La idea del abuelo parecía buena, aunque mi madre encontró al principio algunos inconvenientes.

—¿Y quién va a salir a apagar los televisores?

—No será preciso salir —respondió mi padre—. Bastará con producir un cortocircuito para que salten los fusibles. Toda la casa se quedará sin luz y, por tanto...

—¡Estupendo! —gritó esta vez mi hermano.

—¿Y cómo piensas producir ese cortocircuito? —preguntó todavía mi madre.

—Manipularemos un enchufe. Juntaremos un cable con otro hasta que se produzca un buen chispazo.

Justo debajo del lavabo hay un enchufe. Mi padre intentó aflojar los tornillos para sacarlo de su sitio y dejar los cables al descubierto, pero como no teníamos destornillador resultaba muy difícil. Lo intentó varias veces con unas pequeñas tijeras, pero no lo consiguió.

—¡Qué fastidio! —exclamó—. Tendremos que hacerlo de otra manera.

—¿Cómo? —preguntó mi hermano.

—Meteré las patillas de las tijeras en los orificios del enchufe.

—Te dará calambre —le advirtió mi hermano.

—Tendré que buscar algo que me aísle.

Después de buscar por todas partes, mi padre acabó protegiéndose con una toalla, que se enrolló en la mano. Luego, cogió las tijeras con decisión, las abrió justo a la medida del enchufe y...

—¡Allá voy! —dijo.

Fue visto y no visto. En el enchufe se produjo un tremendo fogonazo y todos sentimos una fuerte sacudida eléctrica recorriendo nuestros cuerpos.

—¡¡¡Aaaaah!!! —gritamos a la vez.

Lo que ocurrió fue que la toalla, que debía de estar húmeda, no sirvió de aislante y mi padre recibió una fuerte descarga eléctrica. Pero como, además, el cuarto de baño es tan pequeño y estábamos muy apretados, en contacto entre sí, la descarga la fuimos recibiendo todos.

—¡¡¡Aaaaah!!!

Creo que estuvimos a punto de morir electrocutados, pero por fortuna cedieron antes las puntas achicharradas de las tijeras, que cayeron al suelo.

Una vez repuestos, comprobamos con desolación que la luz seguía funcionando. La idea del cortocircuito había fracasado estrepitosamente.

Pasamos la noche sin dormir, y sin comer, claro está. Lo único que podíamos hacer en el cuarto de baño eran nuestras necesidades, lo cual resultaba, como podrá usted imaginar, bastante incómodo.

Y ahora, señor director de *A ver si te enteras*, preste mucha atención, porque voy a darle un dato muy importante. Fíjese bien: toda mi familia, conmigo incluida, naturalmente, permaneció encerrada en el cuarto de baño durante tres días y tres noches. ¡Tres días y tres noches! ¡Como lo oye!

Fueron los tres días más angustiosos que pueda imaginarse. Muertos de hambre, muertos de sueño, muertos de miedo, sin poder movernos apenas, sin poder lavarnos... Bueno, estoy pensando que lavarnos sí podíamos, lo que ocurre es que el terror que todos sentíamos nos hizo olvidarnos hasta de la higiene.

Al cumplirse el tercer día, y cuando pensábamos que todo estaba perdido, mi hermano Jeremías dijo:

—¡Saltaré por la ventana!

Al principio, pensé que mi hermano había perdido el juicio tras aquellos terribles tres días de encierro; pero no, su idea no era tan descabellada como parecía en principio.

A ninguno se nos había ocurrido lo de saltar por la ventana. Primero, porque la ventana era diminuta y difícilmente podría pasar un cuerpo por ella; segundo, porque vivíamos en un tercer piso y saltar desde la ventana al suelo era un auténtico suicidio. Pero mi hermano Jeremías tenía un estupendo plan.

—Ataremos todas las toallas entre sí, como hacen en las películas los presos para escaparse de la cárcel.

—Pero ellos no atan toallas, sino sábanas —le corregí yo.

—Sábanas no tenemos, ni podemos salir a conseguirlas. Nos conformaremos con toallas.

Unimos todas las toallas que había en el cuarto de baño y al momento comprobamos que no iban a ser suficientes.

Entonces a mí se me ocurrió una brillante idea.

—¡Los pantalones! —grité.

—¿Qué pasa con los pantalones? —me preguntó mi abuelo.

Acababa de darme cuenta de que todos, incluidas mi madre y yo, llevábamos pantalones.

—Tenemos que quitarnos los pantalones. Atando nuestros pantalones entre sí conseguiremos que Jeremías llegue al suelo.

En unos segundos, señor director de *A ver si te enteras*, nos quitamos los pantalones y los atamos entre sí, anudándolos a su vez por un extremo a las toallas. Conseguimos de esta manera una especie de escala que llegaba más abajo del primer piso.

—Lo conseguiré —dijo simplemente mi hermano Jeremías.

Menos mal que mi hermano está muy flaco, pues de lo contrario no habría cabido por el ventanuco. Sacó primero las piernas, luego las caderas, después el tronco.

Desde dentro sólo se le veía la cabeza. Entonces mi madre se acercó a él y le dio un beso.

—Ten mucho cuidado, hijo mío.

Como mi hermano se detuvo un momento en aquella postura tan extraña, mi abuelo aprovechó para besarlo también.

—Ten mucho cuidado, nieto.

Y como yo también estaba a su lado, no quise ser menos.

—Ten mucho cuidado, hermano.

Mi padre, por supuesto, también le dio un beso y le dijo:

—Cuando llegues abajo, busca los contadores de la luz. Haz lo que sea, pero tienes que conseguir cortar la corriente.

La cabeza de mi hermano desapareció. Se había agarrado con fuerza a la escala de tela y descendía por ella como un gato.

Yo no sé si usted, señor director, lo leyó. La noticia la publicaron todos los periódicos al día siguiente. Decía:

«Un muchacho en calzoncillos
deja sin luz a un barrio entero».

Le explicaré lo que pasó, señor director de *A ver si te enteras*.

Mi hermano llegó al suelo sin problemas y, tal como le había dicho mi padre, se dirigió al cuarto donde están los contadores de la luz. En ese cuarto además hay algunas herramientas del jardinero y varios trastos viejos.

Mi hermano estaba tan nervioso, que lo único que se le ocurrió para cortar la corriente fue coger un pico y liarse a golpes con los contadores.

¡La que se lió! El chispazo fue tan monumental que derritió parte del pico del jardinero. Menos mal que a mi hermano no le sucedió nada.

Consiguió que se produjera al fin un cortocircuito; pero un cortocircuito tan grande que, como reflejaron los periódicos, dejó sin luz a todo el barrio.

Y como sospechábamos, al irse la luz y apagarse

los televisores, dejaron de pasar cosas extrañas en mi casa.

Por fin, agotados, al límite de nuestras fuerzas, salimos del cuarto de baño. Lo hizo primero mi padre después de discutir con mi abuelo.

—Saldré yo —decía mi padre.

—Déjame a mí primero —decía mi abuelo.

—He dicho que saldré yo.

—Yo soy más viejo. Si aparecen esos marcianos pegando tiros que me maten a mí.

—Saldré yo y no se hable más.

Mi padre salió en primer lugar. Lo hizo con muchas precauciones. Durante varios segundos, que nos parecieron horas, los demás esperamos con expectación. Luego, oímos su voz:

—Podéis salir, ya no hay peligro.

Nos sentíamos tan felices que saltábamos de alegría.

Mi padre, como medida de precaución, desenchufó todos los televisores.

Mi hermano gritaba al otro lado de la puerta de la calle:

—¡Abridme! ¡Abridme! ¡Que estoy en calzoncillos!

Nos miramos y nos dimos cuenta de que todos

estábamos en calzoncillos. Bueno, sólo los hombres. Mi madre y yo, como usted podrá suponer, estábamos en bragas.

Y aunque parezca mentira, señor director de *A ver si te enteras*, mi familia no perdió la calma.

En primer lugar, nos pusimos otros pantalones; en segundo lugar, comimos; y después nos reunimos en el salón para tratar de descubrir la causa de lo sucedido.

Cada uno de nosotros daba una interpretación de los hechos, hasta que mi padre hizo un razonamiento la mar de convincente.

Dijo:

—Lo cierto es que cuando en esta casa había cinco televisores, no pasaba nada.

—Eso es verdad —asentimos todos.

—Empezaron a suceder esas cosas tan extrañas cuando compramos la sexta tele.

Y sin decir más, mi padre cogió la sexta tele, es decir, la de la cocina, y la devolvió a la tienda.

Luego, cuando ya habían arreglado la avería ocasionada por mi hermano, hicimos la prueba definitiva, que consistía en conectar de nuevo los televisores.

Esta vez tomamos precauciones. Sólo mi padre entró en casa. Los demás nos quedamos en el rellano de la escalera, para pedir ayuda si era necesario.

—No te preocupes, papá —dijo mi hermano—. Si pasa algo raro, cojo otra vez el pico del jardinero y... ¡Pin-pan! ¡Vuelvo a dejar el barrio a oscuras!

Solo en la casa, mi padre conectó, uno por uno, los cinco televisores.

Y no pasó nada.

No pasó absolutamente nada.

Hoy, algunos meses después, sigue sin ocurrir nada raro y mi familia puede ver la tele sin problemas, cada uno su tele, en su cuarto, tranquilamente.

Mi amiga Ana María insistió tanto en que debía contarle mi «caso», que acabó convenciéndome. Hemos pensado que sería importante que usted, señor director de *A ver si te enteras*, avisase a todo el mundo, a través de las páginas de su prestigiosa revista, de las cosas que pueden ocurrir cuando se decide comprar una sexta tele.

Diga usted a sus lectores que con cinco se puede ser feliz. Mi familia lo es ahora plenamente. No tenemos ningún problema, no discutimos nunca... Nos llevamos de maravilla.

Sólo me queda una duda, señor director: en realidad no sé si los problemas surgen al comprar la sexta tele o al comprar una tele de más.

Dice mi amiga Ana María que me explique mejor.

Lo intentaré.

En mi familia somos cinco personas y los problemas llegaron con la sexta tele. Se me ocurre pensar que tal vez una familia formada por siete personas pueda tener hasta siete teles, pero nunca debería comprar la octava. Y si, por ejemplo, la familia la componen diez personas, en la casa podría haber hasta diez televisores, pero nunca once.

¿Entiende lo que quiero decirle, señor director?

Creo que sería interesante que usted sugiera también esta posibilidad en su revista.

Y nada más.

Como verá, la carta de hoy es un poquito más larga que las anteriores, pero he preferido quedarme un rato más con Ana María para no tener que volver a escribirle mañana.

Ya conoce mi «caso». Ahora espero que lo comente en su revista. Mi amiga Ana María y yo pensamos que haría un bien a toda la humanidad.

Aunque creo que le he contado todo con bastante

orden, si desea saber algo más, algún detalle que se me haya pasado inadvertido o cualquier otra cosa que usted juzgue interesante, no tiene más que decírmelo. Mi dirección es la que figura en el sobre, en el remite.

Ahora que lo pienso, creo que no lo he pasado mal del todo escribiéndole estas seis cartas. Tendré que agradecérselo a mi amiga Ana María. En cierto modo ha sido divertido. Aunque, por supuesto, es mucho más divertido ver la tele.

Se despide de usted, deseándole toda clase de éxitos para su muy interesante revista, su amiga.

Rebeca Revuelta Revuelta

Índice

COLECCIÓN **ALA DELTA**

Serie roja. A partir de los 5 años

1. *Lun.* CARLOS MURCIANO.
3. *El gegenio.* FERNANDO ALONSO.
4. *Poemas a doña Chavala y a don Chaval.* MARINA ROMERO.
6. *Los machafatos.* CONSUELO ARMIJO.
7. *Doneco Teleco.* PILAR MATEOS.
8. *Sin trompa y sin melena.* JESÚS BALLAZ.
9. *El gato chino.* JOSÉ LUIS OLAIZOLA.
10. *El cartero que se convirtió en carta.* ALFREDO GÓMEZ CERDÁ.
11. *La Estrella.* JESÚS OLÓRIZ.
34. *La Luna, doña Soledad y su gato.* VIVÍ ESCRIVÁ.
35. *Pablo Pablo en busca del sol.* ÁNGEL ESTEBAN.
36. *Cuando todo pasa volando.* BEATRIZ DOUMERC.
37. *La familia de los coches.* MILIKI.
45. *Tomás y el lápiz mágico.* RICARDO ALCÁNTARA.
54. *El fantasma Cataplasma.* JAVIER SEBASTIÁN LUENGO.
55. *Rino, músico y poeta.* JORGE WERFFELI.
60. *Aventuras de Rufo y Trufo.* CARMEN GARCÍA IGLESIAS.
68. *Letrilandia.* AURORA USERO.
81. *Versos de agua.* ANTONIO GARCÍA TEIJEIRO.
91. *Los machafatos siguen andando.* CONSUELO ARMIJO.
92. *Caperucita cuenta* Caperucita. ÁLVARO DEL AMO.
93. *Cuentos para la hora del baño.* M. DOLORS ALIBÉS.
94. *¿Quién recoge las cacas del perro?* RICARDO ALCÁNTARA.
98. *Historia de Nino.* ASUN BALZOLA.
102. *El pájaro Federico.* BEATRIZ DOUMERC.
104. *El vendedor.* JESÚS OLÓRIZ.
116. *Rufo y Trufo cambian de casa.* CARMEN GARCÍA IGLESIAS.
119. *¿Quién ayuda en casa?* RICARDO ALCÁNTARA.
121. *El libro de Anisia.* SEVE CALLEJA.
125. *La princesa que perdió su nombre.* PILAR MATEOS.

129. *El botón Antón y la botona Ramona.* SERGIO LAIRLA.
141. *Volando por las palabras.* ANTONIO GARCÍA TEIJEIRO.
144. *¿Quién me quiere a mí?* JESÚS OLÓRIZ.
147. *Rodando, rodando...* MARINELLA TERZI.
156. *Cuando Arturo se escapó de casa.* JUAN FARIAS.
162. *¿Quién menea el esqueleto?* RICARDO ALCÁNTARA
163. *Papá y mamá se hicieron tilín.* GERMÁN DÍEZ BARRIO.
172. *Las sombras del pasillo.* AGUSTÍN FERNÁNDEZ PAZ.
177. *Pisando charcos.* PURA AZORÍN.
186. *Me llamo Pablito.* CARLOS MURCIANO.
187. *Las novias de Rufo y Trufo.* CARMEN GARCÍA IGLESIAS.
194. *La pequeña aventura de Boli.* ALEJANDRO FERNÁNDEZ POMBO.
195. *Rino, ecologista.* JORGE WERFFELI.
201. *La cometa verde.* MONTSERRAT DEL AMO.
202. *Hormiguita negra.* ANA MARÍA ROMERO YEBRA.
206. *La vida grata del pirata.* SERGIO LAIRLA.
211. *El viaje del señor Sol.* ALFREDO GÓMEZ CERDÁ.
212. *La marmota espabilada.* ENRIC LARREULA.
216. *Más allá de los rosales.* CARMEN GÓMEZ OJEA.
221. *El secreto del lobo.* FERNANDO ALONSO.

Serie azul. A partir de los 8 años

12. *Nico, el huracán.* JOSÉ MANUEL BRIONES.
13. *Felipe Marlot, detective.* JOAQUIM CARBÓ.
14. *El cabrerillo.* JUAN ANTONIO DE LAIGLESIA.
15. *Nuevas aventuras de fray Perico.* JUAN MUÑOZ MARTÍN.
16. *Niña Claudia.* CARLOS PUERTO.
28. *Una pandilla de pesadilla.* JESÚS ZATÓN.
42. *La rosa del Kilimanjaro.* CARLOS PUERTO.
43. *Antía y los michinales.* CARMEN DELGADO.
47. *Yagú, el lobo azul.* JUAN ANTONIO DE LAIGLESIA.
48. *Cus-Cus el vagabundo.* ANTONIO BERNAL.
49. *Los detectives López y Baldosillo.* PEDRO SORIA FDEZ.-MAYORALAS.
51. *Felipe Marlot investiga.* JOAQUIM CARBÓ.
62. *Treinta vueltas de hélice.* LUIS COMPAIRÉ.
64. *Isu, el tiburón desdentado.* SEVE CALLEJA.

65. *Calavera de Borrico y otros cuentos populares.* JOSÉ ANTONIO DEL CAÑIZO.
66. *El cangrejo que tenía la viruela.* JOSÉ MANUEL SOUZA.
67. *Lirolos, ciflos y paranganalios.* CARLOS MURCIANO.
73. *Javi, sus amigos y sus cacharros.* JUAN CERVERA.
76. *Desde el corazón de la manzana.* JUAN FARIAS.
80. *Un problema con patas.* MARINELLA TERZI.
82. *Diario de un elefante.* ÁNGEL ESTEBAN.
85. *El amigo que vino del mar.* MARIANO VARA.
86. *Una dragona en apuros.* MANUEL ALONSO ERAUSQUIN.
90. *Poemas rompecabezas (de animalotes y animalillos).* MARINA ROMERO.
99. *El fantasma novato.* MANUEL L. ALONSO.
103. *Duende o cosa.* CARLOS MURCIANO.
105. *La rosa del desierto.* CARLOS PUERTO.
106. *Fábulas de animales.* ALBERT JANÉ.
110. *Nuevos casos de los detectives López y Baldosillo.* PEDRO SORIA.
112. *Las tres carabelas.* JUAN MUÑOZ MARTÍN.
114. *El truco más difícil.* FERNANDO LALANA.
117. *Una pluma con historia.* BEATRIZ DOUMERC.
122. *Estornudos con sorpresa.* MARINELLA TERZI.
123. *Mi amigo Agapito.* GERMÁN DÍEZ BARRIO.
124. *La perla verde.* GABRIEL JANER MANILA.
128. *Dos dragones bailarines.* MANUEL ALONSO ERAUSQUIN.
130. *La rosa de los hielos.* CARLOS PUERTO.
131. *El día que se cayó Brosca.* ALEJANDRO FERNÁNDEZ POMBO.
132. *Un hermano metomentodo.* JESÚS ZATÓN.
135. *¿Quién usa las papeleras?* RICARDO ALCÁNTARA.
136. *Un paraguas rojo.* ALEJANDRO FERNÁNDEZ POMBO.
137. *Trócolo, el duende de la imprenta.* J. M. SÁNCHEZ VIGIL.
138. *Tulinet, las siete vidas del gato.* RICARDO ALCÁNTARA.
139. *El fantasma novato y el enigma de los pasteles.* MANUEL L. ALONSO.
143. *La torre animada.* JOSÉ LUIS OLAIZOLA.
146. *Mis vecinas las cigüeñas.* GERMÁN DÍEZ BARRIO.
154. *La rosa de la pradera.* CARLOS PUERTO.
155. *Renata toca el piano, estudia inglés y etcétera, etcétera, etcétera.* RAMÓN GARCÍA DOMÍNGUEZ.
157. *Viejos amigos, nuevos amigos.* MANUEL L. ALONSO.
158. *¡Estás como una cabra!* ELENA O'CALLAGHAN I DUCH.

164. *Cuentos para enfriar la sopa.* M. DOLORS ALIBÉS.
165. *¡Ay, cuando se lo cuente a Eugenia!* FINA ROUCO.
171. *Sentado te engorda el cu...* RAMÓN GARCÍA DOMÍNGUEZ.
173. *Más travesuras de una pandilla de pesadilla.* JESÚS ZATÓN.
174. *Buscadores de sonrisas.* BRAULIO LLAMERO.
178. *Si te mueres ya verás adónde vas.* SEVE CALLEJA.
179. *Un gato verde y con chispa.* ANTONIO GÓMEZ YEBRA.
180. *Otra vez los detectives López y Baldosillo.* PEDRO SORIA.
181. *Nico, navegante.* JOSÉ MANUEL BRIONES.
188. *El fantasma novato y la noche de las hogueras.* MANUEL L. ALONSO.
189. *El mago del paso subterráneo.* ALFREDO GÓMEZ CERDÁ.
196. *Mi burro Pernales.* GERMÁN DÍEZ BARRIO.
197. *La rebelión de los cuentos.* SOLEDAD CAVERO.
203. *El secuestro de Pizca.* XAVIER HERNÀNDEZ.
207. *Bartolo de Hormigo y sus amigos.* MANUEL NONÍDEZ.
210. *Con la música a otra parte.* JOSÉ ANTONIO DEL CAÑIZO.
213. *El barquero.* JESÚS BALLAZ.
217. *Un colchón en las nubes.* JOSÉ LUIS ALCOVER.
222. *Renata juega al píngate, al balón, y etcétera, etcétera, etcétera.* RAMÓN GARCÍA DOMÍNGUEZ.
223. *La canción de Pipo.* RICARDO ALCÁNTARA.
224. *La bruja de chocolate.* PURIFICACIÓN MENAYA.
226. *Malú y el marciano del ordenador.* BLANCA ÁLVAREZ.
228. *La sexta tele.* ALFREDO GÓMEZ CERDÁ.

Serie verde. A partir de los 10 años

18. *El arca de Noé.* ALFONSO MARTÍNEZ-MENA.
19. *El vidente.* PILAR MATEOS.
20. *Ápex, la guerra de las horas.* MIGUEL ÁNGEL MENDO.
30. *El bordón y la estrella.* JOAQUÍN AGUIRRE BELLVER.
32. *Juan Castigo y Pocarropa.* JOSÉ LUIS MOLINA.
33. *Cuentos para la hora de los postres.* M. DOLORS ALIBÉS.
38. *El misterio del león de piedra.* ULISES CABAL.
39. *Baldomero el pistolero.* JUAN MUÑOZ MARTÍN.
41. *El arquitecto y el emperador de Arabia.* JOAN MANUEL GISBERT.
44. *Aventuras de Nico: Un amigo en la selva.* ALFREDO GÓMEZ CERDÁ.

46. *Los mapas etéreos.* MIGUEL ÁNGEL MENDO.
56. *En busca del tesoro.* MANUEL L. ALONSO.
58. *Aventuras en cuevas.* TOMÁS CALLEJA.
59. *El tren que nunca existió.* JUAN MIGUEL SÁNCHEZ VIGIL.
61. *Aventuras con tito Paco.*,ANTONIO A. GÓMEZ YEBRA.
63. *La cueva del Toloño.* PABLO ZAPATA LERGA.
71. *Mi padre, don Cristóbal Colón.* FELÍCITAS CORBELLA.
72. *Paladín.* MIGUEL MARTÍN FERNÁNDEZ DE VELASCO.
75. *Perder para ganar.* RAMÓN GARCÍA DOMÍNGUEZ.
78. *Maricastaña, la heroína desconocida.* JUAN ANTONIO DE LAIGLESIA.
79. *El misterio del colegio embrujado.* ULISES CABAL.
84. *Historias asombrosas.* JORDI SIERRA I FABRA.
87. *La cueva del Extranjero.* JESÚS BALLAZ.
89. *El Camino de Santiago.* JOAQUÍN AGUIRRE BELLVER.
101. *Tres chicos intrépidos.* MANUEL CEREZALES.
108. *El caso de la echadora de cartas.* MIGUEL ÁNGEL MENDO.
111. *El asunto zoo.* LUISA VILLAR.
113. *El misterio de la ratonera asesina.* ULISES CABAL.
115. *Aventuras de Nico: El volcán del desierto.* ALFREDO GÓMEZ CERDÁ.
118. *Marabo, el último bandolero.* JUAN MIGUEL SÁNCHEZ VIGIL.
120. *La diosa negra.* MARIANO VARA.
126. *¡Nos han robado la oreja!* RAMÓN GARCÍA DOMÍNGUEZ.
127. *La leyenda de Sira y Ondú.* JOAQUÍN AGUIRRE BELLVER.
133. *Sobresaltos en las cavernas.* TOMÁS CALLEJA.
134. *El misterio de la ciudad submarina.* ULISES CABAL.
140. *Los ríos de la luna.* GABRIEL JANER MANILA.
142. Yo *vi al yeti. Relatos del barón de Cotopaxi.* CÉSAR PÉREZ DE TUDELA.
145. *Aventuras de Nico: El secreto del gran río.* ALFREDO GÓMEZ CERDÁ.
148. *La puerta del infierno.* MARIANO VARA.
149. *La escapada de tres chicos intrépidos.* MANUEL CEREZALES.
151. *Los casos del comisario Ricart. Alarma en las Ramblas.* JUAN MUÑOZ.
152. *Asunto: El robo de* Las meninas. LUISA VILLAR.
153. *La abadía del Toloño.* PABLO ZAPATA LERGA.
160. *¿Quién dice* no *a las drogas?* RICARDO ALCÁNTARA.
166. *Un ovni en Santa Mónica.* TOMÁS CALLEJA.
167. *El misterio del teatro del crimen.* ULISES CABAL.
168. *La jefa de la banda.* ALFREDO GÓMEZ CERDÁ.

170. *La niña de plata.* CARMEN GÓMEZ OJEA.
175. *Aventuras de Nico: El tesoro del barco fantasma.* ALFREDO GÓMEZ CERDÁ.
182. *Adiós a tres chicos intrépidos.* MANUEL CEREZALES.
183. *El misterio del viejo.* LUISA VILLAR LIÉBANA.
185. *Aún quedan piratas en la «Costa de la Muerte».* CONSUELO JIMÉNEZ DE CISNEROS.
190. *La historia de Alí.* XOSÉ ANTÓN PET POSSE.
191. *Una tarde de altos vuelos.* MARIANO FUENTEBLANCO.
198. *¡Por todos los dioses!* RAMÓN GARCÍA DOMÍNGUEZ.
200. *¿Quién quiere a los viejos?* RICARDO ALCÁNTARA.
204. *Un verano de perros.* ELENA O´CALLAGHAN I DUCH Y M. DOLORS ALIBÉS.
205. *Vaqueros de marca.* CONSUELO JIMÉNEZ DE CISNEROS.
208. *Baldomero el pistolero y los indios gordinflones.* JUAN MUÑOZ MARTÍN.
214. *La última bruja de Guizarrián.* BLANCA ÁLVAREZ.
218. *La piel del león.* FERNANDO ALMENA.
220. *El viaje de Ramón Cárter a la isla del tesoro.* JOSÉ FRANCISCO VENTURA.
225. *Eugenio, el de la botella.* CARLOS LAPEÑA MORÓN.
229. *Misterio en el acantilado.* LOLA HERRERO.

Serie marrón. A partir de los 12 años

31. *Perucho, un paje en la corte.* HIPÓLITO ESCOLAR.
40. *Del seto de Oriente.* ANTONIO MARTÍNEZ MENCHÉN.
50. *La triple dama.* JULIÁN IBÁÑEZ.
53. *Se buscan cuadros rojos y negros.* ALEJANDRO FERNÁNDEZ POMBO.
57. *Quisco, mi amigo.* ISABEL AGÜERA DE ESPEJO-SAAVEDRA.
100. *Elieta.* XAVIER BERTRAN.
107. *Noche de enigmas.* IGNACIO SANZ.
109. *Los demonios de Barcelona.* LLUÍS BOSCH.
150. *Tiempo robado.* PABLO GUILLERMO GARCÍA.
159. *Abuelo Marcial.* CARLOS GUILLERMO DOMÍNGUEZ.
161. *Las historias secretas.* CARLOS MURCIANO.
169. *Espiral.* MARINELLA TERZI.
176. *Indy Air.* XAVIER BERTRAN.
184. *Un hallazgo prodigioso.* JUAN PÉREZ POZO.

192. *La espada negra.* BLANCA ÁLVAREZ.
193. *Historias de cochinos.* IGNACIO SANZ.
199. *Betsabé nunca duerme.* CARMEN GÓMEZ OJEA.
209. *Agualuna.* JOAN MANUEL GISBERT.
215. *El secreto del lago.* ALFREDO LIÑÁN CORROCHANO.
219. *La buhardilla.* LUCÍA BAQUEDANO.
227. *El manual de las almas errantes.* EVA RUIZ.